文學的美

—— 以視聽、思量、表出，漸達「圓滿的剎那」——

朱自清 著

有人說，「人生的語言」，又何獨文學呢？眼所見的諸相，也正是「人生的語言」。我們由所見而得了解，由了解而得生活；見相的重要，是很顯然的。

記錄時代傷痕、探討藝術本質、關注家國時局……
朱自清以筆立身的雋永篇章！

目錄

目錄

文學的美

美的媒介是常常變化的，但它的作用是常常一樣的。美的目的只是創造一種「圓滿的剎那」；在這剎那中，「我」自己圓滿了，「我」與人，與自然，與宇宙，融合為一了，「我」在鼓舞，奮興之中安息了。(Perfect moment of unity and self completeness and repose in excitement) 我們用種種方法，種種媒介，去達這個目的：或用視覺的材料，或用聽覺的材料……文學也可說是用聽覺的材料的；但這裡所謂「聽覺」，有特殊的意義，是從「文字」聽受的，不是從「聲音」聽受的。這也是美的媒介之一種，以下將評論之。

一

文學的材料是什麼呢？是文字？文字的本身是沒有什麼的，只是印在紙上的形，聽在耳裡的音罷了。它的效用，在它所表示的「思想」。我們讀一句文，看一行字時，所真正經驗到的是先後相承的，繁複異常的，許多視覺的或其他感覺的影像（Image），許多觀念，情感，論理的關係——這些一一湧現於意識流中。這些東西與日常的經驗或不甚相符，但總也是「人生」，總也是「人生的網」。文字以它的輕重疾徐，長短高下，調節這張「人生的網」，使它緊張，使它鬆弛，使它起伏或平靜。但最重要的還是「思想」——默喻的經驗；那是文學的材料。

現在我們可以曉得，文字只是「意義」（Meaning）；意義是可以了解，可以體驗（Lived through）的。我們說「文字的意義」，其實還不妥當；應該說「文字所引起的心態」才對。因為文學的表面的解說是很薄弱的，近似的；文字所引起的經驗才是整個的，活躍的。文字能引起這種完全的經驗在人心裡，所以才有效用；但在這時候，它自己只是一個機緣，一個關捩而已。文學是「文字的藝術」（Art of words）；而它的材料實是那「思想的流」，換句話說，實是那「活的人生」。所以 Stevenson 說，文學是人生的語言（Dialect of Life）。

有人說，「人生的語言」，又何獨文學呢？眼所見的諸相，也正是「人生的語言」。我們由所見而得了解，由了解而得生活；見相的重要，是很顯然的。一條曲線，一個音調，都足以傳無言的消息；為什麼圖畫與音樂便不能做傳達經驗——思想——的工具，便不能叫出人生的意義，而只繫於視與聽呢？持這種見解的人，實在沒有知道言語的歷史與價值。要知道我們的視與聽是在我們的理解（Understanding）之先的，不待我們的理解而始成立的；我們常為視與聽所左右而不自知，我們對於視與聽的反應，常常是不自覺的。而且，當我們理解我們所見時，我們實已無見了；當我們理解我們所聞時，我們實已無聞了；因為這時是只有意義而無感覺了。雖然意義也需憑著殘留的感覺的斷片而顯現，但究非感覺自身了。意義原是行動的關捩，但許多行動卻無需這個關捩；有許多熟練的，敏速的行動，是直接反應感覺，簡截不必經過思量的。如彈批亞娜、擊劍、打彈子，那些神乎其技的，揮手應節，其密如水，其捷如電，它們何嘗不用視與聽，它們何嘗用一毫思量呢？他們又哪裡來得及思量呢？他們的視與聽，不曾供給他們以意義。視與聽若有意義，它們已不是純正的視與聽，而變成了或種趣味了。表示這種意義或趣味的便是言語：言語是彌補視與聽的缺憾的。我們創造言語，使我們心的經驗有所託以表出；言語便是表出我們心的經驗的工具了。從言語進而為文字，工具更完備了。言語文字只是種種意義所構成：它的本質在於「互喻」。視與聽比較的另有獨立的存在，由它們所成的藝術也便大部分不須憑藉乎意義，就是，有許多是無「意義」的，價值在「意義」以外的。文字的藝術便不然了，它只是「意義」的藝術，「人的經驗」的藝術。

還有一層，若一切藝術總須叫出人生的意義，那麼，藝術將以所含人生的意義的多寡而區為高下。音樂與建築是不含什麼「意義」的，和深銳，宏偉的文字比較起來，將淪為低等藝術了？然而事實絕不如是，藝術是沒有階級的！我們不能說天壇不如〈離騷〉，因為它倆各有各的價值，是無從相比的。因此知道，各種藝術自有其特殊的材料，絕不是同一的，強以人生的意義為標準，是不合式的。音樂與建築的勝場，絕不在人生的意義上。但各種藝術都有其材料，由此材料以達美的目的，這一點卻是相同的。圖畫的材料是線、形、色；以此線線、形形、色色，將種種見相融為一種迷人的力，便是美了。這裡美的是一種力，使人從眼裡受迷惑，以漸達於「圓滿的剎那」。至於文學，則有「一切的思想、一切的熱情、一切的欣喜」作材料，以融成它的迷人的力。文學裡的美也是一種力，用了「人生的語言」，使人從心眼裡受迷惑，以達到那「圓滿的剎那」。

二

由上觀之，文字的藝術，材料便是「人生」。論文學的風格的當從此著眼。凡字句章節之所以佳勝，全因它們能表達情思，委曲以赴之，無微不至。斯賓塞論風格哲學(Philosopsy of style)，有所謂「注意的經濟」(Economy of Attention)，便指這種「文詞的曲達」而言：文詞能夠曲達，注意便能集中了。裴德(Pater)也說，一切佳作之所以成為佳作，就在它們能夠將人的種種心理曲曲達出；用了文詞，憑了聯想的力，將這些恰如其真的達出。凡用文詞，若能盡意，使人如接觸其所指示之實在，便是對的，便是美的。指示簡單感覺的字，容易盡意，如說「紅」花，「白」水，使我們有渾然的「紅」感，「白」感，便是盡意了。複雜的心態，卻沒有這樣容易指示的。所以莫泊桑論弗老貝爾說，在世界上所有的話 Expressions 之中，在所有的說話的方式和調子之中，只有「一種」——一種方式，一種調子——可以表出我所要說的。他又說，在許多許多的字之中，選擇「一個」恰好的字以表示「一個」東西，「一個」思想；風格便在這些地方。是的，凡是「一個」心態或心象，只有「一」字，「一」句，「一」節，「一」篇，或「一」曲，最足以表達它。

文字裡的思想是文學的實質。文學之所以佳勝，正在它們所含的思想。但思想非文字不存，所以可以說，文字就是思想。這就是說，文字帶著「暗示之端緒」(Fringe of suggestion)，使人的流動的思想有所附著，以成其佳勝。文字好比月亮，暗示的端緒——即種種暗示之意——好比月的暈；暈比月大，暗示也比文字的本義大。如「江南」一詞，本意只是「一帶地方」；但是我們見此二字，所想到的絕不止「一帶地方，在長江以南」而已，我們想到「草長鶯飛」的江南，我們想到「落花時節」的江南，我們或不勝其愉悅，或不勝其悵惘。——我們有許多歷史的聯想，環境的聯想與江南一詞相附著，以成其佳勝。言語的歷史告訴我們，言語的性質一直是如此的。言語之初成，自然是由摹仿力（Imitative power）而來的。泰奴（Talne）說得好：人們初與各物相接，他們便模仿它們的聲音；他們撮唇，擁鼻，或發粗音，或發滑音，或長，或短，或作急響，或打胡哨。或翕張其胸膛，總求聲音之畢肖。

文字的這種原始的摹仿力，在所謂摹聲字（Onomatopoetic words）裡還遺存著；摹聲字的目的只在重現自然界的聲音。此外還有一種摹仿，是由感覺的聯絡（Associations of tsensations）而成。各種感覺、聽覺、視覺、嗅覺、觸覺、運動感覺、有機感覺，有許多公共的性質，與他種更複雜的經驗也相同。這些公共的性質可分幾方面說：以力量論，有強的，有弱的；以情感論，有粗暴的，有甜美的。……如清楚而平滑的韻，可以給人輕捷和精美的印象（仙、翩、旋、尖、飛、微等字是）；開闊的韻可以給人提高與擴展的印象（大、豪、茫、倏、張、王等字是）。又如難讀的聲母常常表示努力、震動、猛烈、艱難、嚴重等（剛、勁、崩、敵、窘、爭等字是）；易讀的聲母常常表示平易、平滑、流動、溫和、輕雋等（伶俐、富、平、裊、婷、郎、變、娘等字是）。

以上列舉各種聲音的性質，我們要注意，這些性質之不同，實由發音機關動作之互異。凡言語文字的聲音，聽者或讀者必默誦一次，將那些聲音發出的動作重演一次——這種默誦，重演是不自覺的。在重演發音動作時，那些動作本來帶著的情調，或平易，或艱難，或粗暴，或甜美，同時也被覺著了。這種「覺著」，是由於一種同情的感應（Sympaihetle inducflon），是由許多感覺聯絡而成，非任一感覺所專主；發音機關的動作也只是些引端而已。和摹聲只繫於外面的聽覺的，繁簡過殊。但這兩種方法有時有聯合為一，如「吼」字，一面是直接摹聲，一面引起筋肉的活動，暗示「吼」動作之延擴的能力。

文字只老老實實指示一事一物，毫無色彩，像代數符號一般；這個時期實際上是沒有的。無論如何，一個字在它的歷史與變遷裡，總已積累著一種暗示的端緒了，如一隻船積累著螺螄一樣。瓦特勞來（Water Raleigh）在他的風格論裡說，文字載著它們所曾含的一切意義以行；無論普遍說話裡，無論特別講演裡，無論一個微細的學術的含義，無論一個不甚流行的古義，凡一個字所曾含的，它都保留著，以發生豐富而繁複的作用。一個字的含義與暗示，往往是多樣的。且舉以「褐色」（Gray）一詞為題的佚名論文為例，這篇文是很有趣的！

褐色是白晝的東西的寧靜的顏色，但是凡褐色的東西，總有一種不同的甚至奇異的感動力。褐色是毛的顏色，魁克派（Quaker，教派名）長袍的顏色，鳩的胸脯的顏色，褐色的日子的顏色，貴婦人頭髮的顏色；而許多馬一定是褐色的。……褐色的又是眼睛，女巫的眼睛，裡面有綠光，和許多邪惡。褐色的眼睛或者和藍眼睛一般溫柔，謙讓而真實；蕩女必定有褐色的眼睛的。

文字沒「有」意義，它們因了直接的暗示力和感應力而「是」意義。它們就是它們所指示的東西。不獨字有此力，文句，詩節（Verse）皆有此力；風格所論，便在這些地方，有字短而音峭的句，有音響繁然的句，有聲調圓潤的句。這些句形與句義都是一致的。至於韻律，節拍，皆以調節聲音，與意義所關也甚鉅，此地不容詳論。還有「變聲」（Breaks）和「語調」（Variations）的表現的力量，也是值得注意的。「變聲」疑是句中聲音突然變強或變弱處；「語調」疑是同字之輕重異讀。此兩詞是音樂的術語；我不懂音樂，姑如是解，待後改正。

文學的一個界說

「什麼是文學」？這是大家喜歡問的一個問題。答案的不同，卻正如人的面孔！我也看過許多——其實只能說很少——答案；據我的愚見，最切實用的是胡適之先生的。他說：「達意達得好，表情表得妙，便是文學」；更不立其他的界線。但是你若要曉得仔細一點，便會覺得他的界說是不夠的；那麼我將再介紹一位Long先生和你相見。他在《英國文學》裡所給的文學的界說是這樣的：

Literature is the expression of life in words of truth and beauty; it is the written record of man's spirit, of his thoughts, emotions, aspirations; it is the history, and the only history, of the human soul. It is characterized by its artistic, its suggestive, its permanent qualities. Its two tests are its universal interest and its personal style. Its object, aside from the delight it gives us, is to know man, that is, the soul of man rather than his actions; and since it preserves to the race the ideals upon which all our civilization is founded, it is one of the most important and delightful subject that can occupy the human mind.

我覺得這個界說，仔細又仔細，切實又切實，想參加己意將它分析說明一番。

（一）文學是用真實和美妙的話表現人生的

什麼是真實的話？是不是「據實招來」呢？我想「實」有兩種意義，一是「事實」，二是「實感」。若「據實」是據事實，則「真實的話」便是「與事實一致」的話。這個可能不可能呢？有人已經給我們答覆了：事實的敘述，總多少經過「選擇」，絕不能將事實如數地細大不遺地記錄出來的；況且即使能如數地記出，這種複寫又有何等意義？何勞你抄錄一番呢？除了「存副」一種作用外，於人是絕無影響的，便是竭力主張「記錄」的寫實派，也還是免不了選擇的。所以，「與事實一致」的話是沒有的。從「與事實一致」的立場看，文學多少離不了說謊。但這是藝術的說謊，與平常隨便撒謊不同。王爾德力主文學必須說謊，他說現在說謊的藝術是衰頽了：從前文學只說「不存在」與「不可能」的事物，所以美妙，現在卻要拘拘於自然與人生，這就卑無足道了。這雖是極端的見解，但頗是有理。理想派依照他們的理想以創造事實，可說是「不存在」的；神祕派依照他們的「煙士披里純」以創造事實，可說是「不可能」的；這些創造的事實往往甚為美妙，卻都免不了說謊。——創造原來就是說謊呀！便是寫實派的文學，經過了選擇的紀錄，已多少羼雜主觀在內，與事實的原面目有異，也可說是說謊，只程度較輕吧了。——王爾德卻自然不會承認這也是說謊的！文學既都免不了說謊，那麼，那裡還有「真實的話」？然而不然！從「與事實一致」的立場看是說謊的，從「表現自己」的立場看，也許是真實的。「表現自己」實是文學——及其他藝術——的第一義；所謂「表現人生」，只是從另一方面說——表現人生，也只是表現自己所見的人生吧了。表現自己，以自己的情感為主。能夠將自己的「實感」充分表現的，便是好文學，便能使人信，便能引人同情；不管所敘的事實與經過的事實一致否。現代文學盡有採用荒誕不稽的故事作題材的，但仍能表現現代人的情感，可知文學裡的事實，只須自己一致，自己成一個協調的有機體，便行——所謂自圓其謊也。文學的生命全在實感——此「感」字意義甚廣，連想像也包在內；能夠表現實感的，便是「真實的話」。——近來有一種通行的誤解；以為第一身的敘述必是作者自己經歷的事實，第三身的敘述亦須是作者所曾見聞的事實。這樣誤解文學的人，真是上了老當；天下那有這樣老實的作家以「事實」

而論，或者第三身的敘述倒反是作者自己的，也未可知。

什麼是美妙的話？此地美妙的原文是 Beauty，通譯作美，美有優美，悲壯，詼諧，莊嚴幾種。怎樣才是美呢？這是爭辯最多的一個名詞！呂澄先生的《美學淺說》裡說：「美是純粹的同情」，「由純粹的同情，我們的生命便覺得擴充，豐富，最自然又最流暢的開展，同時有一片的喜悅；從這裡就辨別得美」，又說「美感是要在『靜觀』裡領受的」。我想這個解釋也就夠用。所謂「美妙的話」，便是能引人到無關心——靜觀——的境界。使他發生純粹的同情的；這就要牽連到「暗示的」，「藝術的」性質及風格等，詳見下文。另外，胡適之先生在《什麼是文學》裡也說及文學的美；他說有明白性及逼人性的便是美。這也可供參考。

至於「表現人生」一義，上文已約略說過。無論是記錄生活，是顯揚時代精神，是創造理想世界，都是表現人生。無論是輪廓的描寫，是價值的發現，總名都叫做表現。輪廓的描寫所以顯示生活的類型——指個性的類型，與箭堆式的類型，「譜」式的類型有別；價值的發見，所以顯示生活的意義和目的。話說至此，可以再陳一義，Mathew Arnold 曾說，「詩是人生的批評」；後來便有說文學是人生的表現和批評的，我的一位朋友反對此解，以為文學只是表現人生，不加判斷；何有於批評？詩以抒情為主，表現之用最著，更說不上什麼批評了。但安諾德之說，必非無因。我於他的批評見解，未曾細究，不敢申論。只據私意說來，「人生的批評」一說，似可成立。因為在文學作品中，作者誠哉是無判斷，但卻處處暗示著他的傾向，讓讀者自己尋覓。作品中寫著人生的愛憎悲喜，而作者對於這種愛憎悲喜的態度，也便同時隱藏在內；作者落筆怎樣寫，總有怎樣寫的理由——這種理由或許是不自覺的——這便是他對於所寫的之態度。敘述不能無態度正如春天的樹葉不能無綠一般。就如莫泊桑吧，他是純粹的寫實派，對於所敘述的，毫無容心，是非常冷靜的；托爾斯泰曾舉《畫師》為例，以說明他的無容心。但他究竟不能無選擇，選擇就有了態度；而且詭辯地說，無容心也正是一種容心，一種態度；而且他的唯物觀，在作品裡充滿了的，更是顯明的態度！即如〈月夜〉裡所寫的愛，便是受物質環境的影響而發生的愛，與理想派作品所寫的愛便絕不會相同；這就是態度關係了。理想派之有態度，更不用說。態度就是判斷，就是批評；「文學是人生的表現與批評」，實是不錯的；但「表現」與「批評」不是兩件東西，而是一體的兩面。

文學的一個界說

（二）文學是記載人們的精神、思想、情緒、熱望；是歷史，是人的靈魂之唯一的歷史

文學裡若描寫山川的秀美，星月的光輝，那必是因它們曾給人的靈魂以力量；文學裡若描寫華燈照夜的咖啡店，「為秋風所破的茅屋」，那必是因為人的靈魂曾為它們所騷擾；文學裡若描寫人的「健飯」、「囚首垢面」、「小便」，那必是因為這些事有關於他的靈魂的歷史：總之，文學所要寫的，只是人的靈魂的戲劇，其餘都是背景而已。靈魂的歷史才是真正的歷史。正史上只記政治上經濟上文化上的大事；民間的瑣屑是不在被采之列的。但大事只是輪廓，具體的瑣屑的事才真是血和肉；要看一時代的真正的生活，總須看了那些瑣屑的節目，才能徹底了解；正如有人主張參觀學校，必須將廁所、廚房看看，才能看出真正好壞一樣。況且正史所記，多是表面的行為，少說及內心的生活；它是從行為的結果看的，所以如此。文學卻是記內心的生活的，顯示各個人物的個性，告訴我們他們怎樣思想，怎樣動感情；便是寫實派以寫實為主的，也隱寓著各種詳密的個性。懂得個性，才懂得真正的生活。所以說，「文學是人的靈魂之唯一的歷史」。

（三）文學的特色在它的「藝術的」、「暗示的」、「永久的」等性質

孔子說，「辭達而已矣」，又說，「修詞立其誠」。如何才能「達」，如何才能「立

誠」，便是「藝術」問題了。此地所說「藝術」，即等於「技巧」。文學重在引人同情，托爾斯泰所謂「傳染情感於人」；而「自己」表現得愈充分，傳染的感情便愈豐厚。「充分」者，要使讀者看一件事物，和自己「一樣」明晰，「一樣」飽滿，「一樣」有力，「一樣」美麗。自己要說什麼，便說什麼，要怎麼說，便怎麼說，這也叫做「充分」。要使得作品成為「藝術的」，最要緊的條件便是選擇：題材的精粗，方法的曲直，都各有所宜，去取之間，全功系焉。

「暗示」便是舊來所謂「含蓄」，所謂「曲」。袁子才說，「天上只有文曲星而無文直星」，便是說明文貴曲不貴直。從劉半農先生的一篇文裡，曉得「Half told story」一個名字，譯言「說了一半的故事」。你要問問：還有一半呢？我將代答：在尊腦裡！「暗示」是人心自然的要求，無間中外古今。這大概因為人都有「自表」(self-manifestation)的衝動，若將話說盡了，便使他「英雄無用武之地」，不免索然寡味。法國Marlarme曾說，「作詩只可說到七分，其餘的三分應該由讀者自己去補足，分享創作之樂，才能了解詩的真味」。「分享創作之樂」，也就是滿足「自表」的衝動。小泉八雲把日本詩歌比作寺鐘的一擊，「他的好處是在縷縷的幽玄的餘韻在聽者心中永續的波動」。這是一個極好的比方。中國以「比」、「興」說詩也正是這種意思。這些雖只說的詩，但絕不只是詩要如此：凡是文學都要如此的。現在且舉兩個例來說明。潘岳〈悼亡詩〉第二首道：

皎皎窗中月，照我室南端。
清商應秋至，溽暑隨節闌。

「觸景生情，是『興』的性質」。下面緊接：

凜凜涼風生，始覺夏衾單！
豈曰無重纊？誰與同歲寒！
歲寒無與同，朗月何朦朧？
展轉眄枕席，長簟竟床空！
床空委清塵，室虛來悲風！

……

「他不直說他妻子死了。他只從秋至說到涼風生，從涼風生說到夏衾單，從夏衾單說到不是無重纊，是無同歲寒的人。你看他曲不曲。他又說他反覆看了一看枕和席，那樣長的簟子，把床遮完了，都瞧不見那一個人。只見那空床裡堆了塵埃，虛室中來了悲風，他那悲傷之情，就不言而喻了。你看他曲不曲。」又如堀口大學的〈重荷〉：

生物的苦辛！
人間的苦辛！
日本人的苦辛！
所以我瘦了。
（周作人先生譯）

只區區四行，而意味無盡！前三行範圍依次縮小，力量卻依次增加；「人間的苦辛」已是兩重的壓迫，「日本人的苦辛」，竟是三層的了。「苦辛」原只是概括的名字，卻使人覺著東也是苦辛，西也是苦辛，觸目是苦辛，觸手也是苦辛；覺著苦辛的擔子真是重得不堪！所以自然就會「瘦」了。這一個「瘦」字告訴我們他是怎樣受著三重的壓迫，怎樣竭力肩承，怎樣失敗，到了心身交困的境界；這其間是包含著許多的經歷的。這都是暗示的效力！「說盡」是文學所最忌的，無論長文和短詩。

能夠在作品中充分表現自己的，便是永久的。「永久的」是「使人不捨，使人不厭，使人不忘」之意。初讀時使人沒入其中，不肯放下，乃至遲睡緩餐，這叫「不捨」。初讀既竟，使人還要再讀，屢讀屢有新意，絕不至倦怠；所謂「不厭百回讀」也。久置不讀，相隔多年，偶一念及，書中人事，仍躍躍如生，這便是「不忘」了。備此三德，自然能傳世行遠了。大抵人類原始情感，並無多種；文明既展，此等情感，程度以漸而深而復，但質地殆無變化——喜怒哀樂，古今同之，中外無異，故若有深切之情感，作品即自然能感染讀者，雖百世可知。而深切之情感，大都由身體力行得來，如人飲水，冷暖自知；故真有深切之情感者必能顯其所得，與大眾異，必能充分表現自己，以其個性示人。「永久的」性質，即係從此而來的。還有，從文體說，簡勁樸實的文體容易有「永久的」性質，因能為百世所共喻；尚裝飾的文體，華辭麗藻，往往隨時代而俱腐朽，變為舊式，便不如前者有長遠的效力——但仍須看「瓶裡所裝的酒」如何。

（四）文學的要素有二：普遍的興味與個人的風格

「老嫗都解」，便是這裡所謂「普遍的興味」。理論地說，文學既表現人生，則共此人生的人，自應一一領會其旨。但從另一面看，表現人生實即表現自己。此義前已說了。而天賦才能，人各有異；有聰明的自己，有庸碌的自己，有愚蠢的自己。這各各的自己之間，未必便能相喻；聰明的要使愚蠢的相喻，真是難乎其難！而屈己徇人，亦非所取。這樣，普遍的興味便只剩了一句綺語！我意此是自然安排，或說缺陷亦可，我輩只好聽之而已。

風格是表現的態度，是作品裡所表現的作者的個性。個性的重要，前面論「永久性」時，已略提過了；文學之有價值與否，全看它有無個性——個人的或地方的，種族的——而定。文學之所以感人，便在它所顯示的種種不同的個性。馬浩瀾《花影集》序云：

偶閱《吹劍錄》中，載東坡在玉堂日有幕士善歌。坡問曰，「吾詞何如柳耆卿？」對曰，「柳郎中詞，宜十七八女孩兒，按紅牙拍，歌楊柳岸曉風殘月；學士詞，須關西大漢，執鐵板，唱大江東去。」

柳詞秀逸，蘇詞豪放，可於此見之。唯其各有以異乎眾，故皆能動人，而無所用其軒輊。所謂「豪放」，所謂「秀逸」，皆是作者之個性，皆是風格；昔稱曰「品」，唐司空圖有《二十四詩品》，描寫各種風格甚詳且有趣；雖是說詩，而可以通於文。但一種作品中的個性，不必便是作者人格的全部；若作者是多方面的人，他的作品也必是多方面的，有各種不同的風格——絕不拘於一格的。風格的種類是無從列舉；人生有多少樣子，它便有多少樣子。風格也不限於「個人的」，地方的種族的風格，也同樣引人入勝。譬如胡適之先生《國語文學史講義》中說，南北朝新民族的文學各有特別色彩：南方的是「纏綿宛轉的戀愛」，北方的是「慷慨灑落的英雄」。請看下面兩個例，便知不同的風格的對照，能引起你怎樣的趣味：

啼著曙，淚落枕將浮，身沉被流去。（〈華山畿〉）

新買五尺刀，懸著中梁柱。一日三摩挲，劇於十五女。（〈瑯琊王歌〉）

（五）文學的目的，除給我們以喜悅而外，更使我們知道人——不要知道他的行動，而要知他的靈魂

文學的美是要在「靜觀」裡領受的，前面已說過了。「靜觀」即是「安息」（Repose）；所謂「喜悅」便指這種「安息」，這種無執著，無關心的境界而言，與平常的利己的喜悅有別，這種喜悅實將悲哀也包在內；悲劇的嗜好，落淚的愉快，均是這種喜悅。「知道人的靈魂」一語，前於第二節中已及茲義；現在所要說的，只是「知道人的靈魂」，正所以知道「自己」的靈魂！人的靈魂是鏡子，從它裡面，可以清清楚楚地看見自己的靈魂的樣子。

（六）在文學裡，保存著種族的理想，便是為我們文明基礎的種種理想；所以它是人心中最重要最有趣的題目之一

所謂國民性，所謂時代精神，在文學裡，均甚顯著。即如中國舊戲裡，充滿著誨淫誨盜的思想，誰能說這不是中國文明的一種基礎？又如近年來新文學裡「弱者」的呼聲，「悲哀」的叫喊，誰能說這不是時代精神的一面？周作人先生《論阿Q正傳》文裡說：

……但是國民性真是奇妙的東西，這篇小說裡收納這許多外國的分子，但其結果，對於斯拉夫族有了他的大陸的迫壓的氣氛而沒有那「笑中的淚」，對於日本有了他的東方的奇異的花樣而沒有那「俳味」，這句話我相信可以當作他的褒詞，但一面就當作他的貶辭，卻也未始不可。這樣看來，文學真是最重要又最有趣的一個題目。

《吳稚暉先生文存》

在《現代評論》一卷二十三期裡，西瀅先生曾說：

吳先生的著作最有趣的自然是散見於各報各雜誌的雜文，其次便是他的書函。我總覺得奇怪，現在什麼人都出文存、文錄、文集、演講集，沒有人——連孜孜為利的書賈都沒有！想到把吳先生的文字收集起來。我的話也許提醒了什麼人，……

那時我看了西瀅先生的話，很覺合意，因為我也是愛讀吳先生的文字的。但我同時想到收集吳先生的文字真是一件難之又難的事！他的歷史不算短，他的筆又健，寫的又多，而報章，雜誌又是極易散失的東西——這個月印行的，下個月也許就找不著了；特別是在中國！至於書函，大部分都在私人（他的朋友們）手裡，那更難收集了！記得在《新教育》雜誌上，有人引美國人的話：誰若能搜齊了杜威的作品，他便該得著博士的學位；我想蒐集吳先生的作品，大約也有同樣的艱難——雖然該得博士與否，我還不敢妄斷。

這是五月底的事，不料到了七月初，上海報登著封面廣告，說是《吳稚暉先生文存》出版了，定價一元五角，照碼七折，在醫學書局發行。我看了報之後，且喜且驚！喜者，我們渴望吳先生有文存飽我們的眼福，現在居然如願以償！驚者，西瀅先生的豫言竟於兩個月間中了彩！——我不敢斷言文存編者周雲青先生就是被西瀅先生提醒了的「什麼人」，故只得小心地說。我那時住在白馬湖，買書不便，不得先睹為快，真為著急！報紙上天天有封面廣告，更令我不耐煩！但廣告中文字忽然改變，將「定價——七折」云云改為「實洋一元零五分」，我想，這很滑稽，但又爽快，不能不說是帶著些「吳老頭兒」的味兒！後來好容易轉了兩個彎，才到手了一部，確乎是《吳稚暉先生文存》！這是藍面兒的薄薄兒的兩本東西。我於是轉第一個念頭，吳先生三四十年的文章，只剩了這區區兩小冊，還抵不上《胡適文存》的一半，這卻是何道理？或者周先生的手眼太高，去取太嚴了吧？於是打開來看，全書是四號字印的，看來更是區區了：開首自然是一篇〈序〉這篇〈序〉在抱著悶葫蘆的我自然是不能放過的，且看他說：

> 雲青既喜讀先生文，時時蒐集，先後得若干篇，尚不及十之一二也。一日，吾鄉大律師錢季常先生……瞥見余案頭置吳先生所著之〈溥儀先生！〉一首，且讀且擊節，讀一小時而畢。……季常先生曰：「吳先生如此妙文，在無錫者，皆未能一見；即星期六會同志，皆吳先生之老友，見者亦不過一二人，豈非奇事！盍付諸手民，以廣流傳！」

雲青即將篋衍中所存吳先生文，盡付鉛印，以冀世之愛讀先生文……者，莫不先睹為快；非敢意為去取也。然先生著作日富，廣登京滬各報，余小子益當窮搜博摭。他日將續輯二三四編，無錫後學周雲青謹識。

序文實在重要不過，而且語妙天下，故不能割愛，透透迤迤引了這麼長的一段！從這篇序裡，我第一知道我的猜想不對；他既沒「盡付鉛印」，又說「非敢意為去取也」，可知絕不會「太嚴」了！我第二知道自「錢大律師」乃至「後學」周先生諸公大約都是不常看報章雜誌的，至少是不博覽報章雜誌的！你看「錢大律師」看了「一首」〈溥儀先生！〉要「一小時而畢」，可以想見他老先生讀報的艱難！（他要將報章當古文讀，自然便覺艱難！）他老先生說「見此文者亦不過一二人，豈非奇事！」真的，豈非奇事！〈溥儀先生！〉曾登《民國日報》，並非隱僻的記載呀！而周先生「時時蒐集」的結果，終於只印成了這區區的薄薄的兩本，也是不「常看」或「不博覽」的確證的。好吧，事已如此，我們且看這兩本的內容如何？兵在精而不在多；例也不可小覷的！於是乎我看目錄。

無論著書，編書，總該有個體例！古人是不寫出來的，後人卻總寫出來，便是所謂「凡例」。寫自然比不寫好；許慎作《說文解字》時，若寫下他的「凡例」來，王筠等人

《吳稚暉先生文存》

就不必費九牛二虎之力去做《說文釋例》一類書了！你看，我話說得太遠了，真是小題大做！我的本旨，只是要說周先生編這部《文存》，不著「凡例」，累我多用腦筋，是大大的不方便！我既不能依賴「凡例」去估定這書的輕重，只得自己動手去找；幸而，不要緊，目錄只有四頁，可以一分鐘「而畢」，盡可多翻幾次。我翻了不知多少次，——對不起，我不能用數字告訴你——我的腦筋實在太笨，終於不曾發見出一條——唉！一條也好——「通例」來，「豈非奇事」！在我的笨腦筋裡，編《文存》的體例不外「編年」、「分類」、「分體」三種；或只用「編年」，或用他二種之一為經，「編年」為緯，都可以的。但我將這幾個方格兒畫在周先生的目錄上，竟沒有一個合式！唉！倒楣極了！「苦矣」！「怎樣辦呢？」我沒有法子，只好再去乞靈於序文；《序》中有曰，「先生……真近世……神工鬼斧之大文豪也！」我想或者周先生是以文章的好壞來編次的吧？但仔細一想（因為《文存》裡大部分的文章是見過的，所以只要想，不要翻），覺得也不像，也不合式；我絕不能枉口拔舌，誣栽人家！但是我立刻又找到了「盡付鉛印」一句，大約周先生是「將篋衍中所存吳先生文」照著在篋衍中疊著的順序，「盡付鉛印」的吧？我想這總該「不中不遠」了，因為在我的笨腦筋裡，另外實在沒有什麼「可能」了！但這不能算是「例」，奈何？唉！只好由他去吧。

周先生既沒有「例」，這《文存》便真成了「斷爛朝報」，我們讀者毫不覺著有什麼意義與趣味！我很懷疑，這樣的《吳稚暉先生文存》，真有編纂的必要麼？真有「莫不先睹為快」的必要麼？其實就是放開體例不說，周先生所編也還有個大大的漏洞，就是真正的「掛一漏萬」！吳先生三四十年來的文章，若只有這區區的薄薄的兩冊，那也不成其為吳先生了！雖然周先生也曾說，「他日將續輯二三四編」，但吳先生的文章已可蘷批，何必再切下來零買呢？我就不懂周先生何以要急急地「掛一漏萬」地出版這部書，何不發一大願，需以時日，作求全之計？若將一編和二三四編並出，我想或者不會糟到現在這樣！因為材料多了，也許會想到了體例，還有，我每想到編吳先生《文存》，總有「患材多」之感；而周先生似乎倒「患材少」，所以南菁書院的幾篇課藝也放了進去，已成書數年的《朏盦客座談話》也抄了一部分進去！我想幸而泰東書局主人自己良心有愧；（看《現代評論》一卷二十三期〈閒話〉）不然，要和周先生打起版權官司來，倒是件麻煩的事？《朏盦客座談話》既可抄，《上下古今談》等又何嘗不可抄，則吳先生文存之厚，可指日而待矣！而或者日文存裡所印的《朏盦客座談話》，或者是存在周先生篋衍中的；泰東印行的全部，周先生或者還未知呢。這也許是合於實際的推測，但周先生真正這樣不聞理亂麼？

《吳稚暉先生文存》

我寫此文，只是想說明編《文存》的不易，給別人編《文存》，更是不易！一面也實在是佩服吳先生的文章，覺得讓周先生這麼一編，再加上那篇「有意為文」，半亨不亨的序，真是辱沒了他老先生和他老先生的「如此妙文」！語有之，「點金成鐵」，殆此之謂歟？我不敢說周先生是輕舉妄動，但總佩服他的膽大！我希望總還有膽小的人，仔仔細細，謹謹慎慎地多破些工夫將吳先生的文章重行收集，揀擇，編次番，成為一部足以稱為「吳稚暉先生文存」的《吳稚暉先生文存》，那就是我們的福氣了！

再，此書出版後，曾見過兩篇批評的文字，他們都是就吳先生的文章立論的，不曾說及編纂的人；我卻以為這種書最要緊的還是編纂的人！「予豈好辯哉？予不得已也！」

執政府大屠殺記

三月十八是一個怎樣可怕的日子！我們永遠不應該忘記這個日子！

這一日，執政府的衛隊，大舉屠殺北京市民——十分之九是學生！死者四十餘人，傷者約二百人！這在北京是第一回大屠殺！

這一次的屠殺，我也在場，幸而直到出場時不曾遭著一顆彈子；請我的遠方的朋友們安心！第二天看報，覺得除一兩家報紙外，各報記載多有與事實不符之處。究竟是訪聞失實，還是安著別的心眼兒，我可不得而知，也不願細論。我只說我當場眼見和後來耳聞的情形，請大家看看這陰慘慘的二十世紀二十六年三月十八日的中國！——十九日《京報》所載幾位當場逃出的人的報告，頗是詳實，可以參看。

我先說遊行隊。我自天安門出發後，曾將遊行隊從頭至尾看了一回。全數約二千人；工人有兩隊，至多五十人；廣東外交代表團一隊，約十餘人；國民黨北京特別市黨部一隊，約二三十人；留日歸國學生團一隊，約二十人，其餘便多是北京的學生了，內有女學生三隊。拿木棍的並不多，而且都是學生，不過十餘人；工人拿木棍的，我不曾見。木棍約三尺長，一端削尖了，上貼書有口號的紙，做成旗幟的樣子。至於「有鐵釘的木棍」我卻不曾見！

我後來和清華學校的隊伍同行，在大隊的最後。我們到執政府前空場上時，大隊已散開在滿場了。這時府門前站著約莫兩百個衛隊，分兩邊排著；領章一律是紅地，上面「府衛」兩個黃銅字，確是執政府的衛隊。他們都背著槍，悠然地站著；毫無緊張的顏色。而且槍上不曾上刺刀，更不顯出什麼威武。這時有一個人爬在石獅子頭上照相。那邊府裡正面樓上，欄杆上伏滿了人，而且擁擠著，大約是看熱鬧的。在這一點上，執政府頗像尋常的人家，而不像堂堂的「執政府」了。照相的下了石獅子，南邊有了報告的聲音：「他們說是一個人沒有，我們怎麼樣？」這大約已是五代表被拒以後了；我們因走進來晚，故未知前事——但在這時以前，群眾的嚷聲是絕沒有的。到這時才有一兩處的嚷聲了：「回去是不行的！」「吉兆胡同！」「……」忽然隊勢散動了，許多人紛紛往外退走；有人連聲大呼：「大家不要走，沒有什麼事！」一面還揚起了手，我們清華隊的指揮也揚起手叫道：「清華的同學不要走，沒有事！」這期間，人眾稍稍聚攏，但立刻即又散開；清華的指揮第二次叫聲剛完，我看見眾人紛紛逃避時，一個衛隊已裝完子彈了！我趕忙向前跑了幾步，向一堆人旁邊睡下；但沒等我睡下，我的上面和後面各來了一個人，緊緊地挨著我。我不能動了，只好蜷曲著。

這時已聽到劈拍拍的槍聲了；我生平是第一次聽槍聲，起初還以為是空槍呢（這時已忘記了看見裝子彈的事）。但一兩分鐘後，有鮮紅的熱血從上面滴到我的手背上、馬褂上了，我立刻明白屠殺已在進行！這時並不害怕，只靜靜的注意自己的運命，其餘什麼都忘記。全場除劈拍的槍聲外，也是一片大靜默，絕無一些人聲；什麼「哭聲震天」，只是記者先生們的「想當然耳」罷了。我上面流血的那一位，雖滴滴地流著血，直到第一次槍聲稍歇，我們爬起來逃走的時候，他也不則一聲。這正是死的襲來，沉默便是死的消息。事後想起，實在有些悚然。在我上面的不知是誰？我因為不能動轉，不能看見他；而且也想不到看他——我真是個自私的人！後來逃跑的時候，才又知道掉在地下的我的帽子和我的頭上，也滴了許多血，全是他的！他足流了兩分鐘以上的血，都流在我身上，我想他總吃了大虧，願神保佑他平安！第一次槍聲約經過五分鐘，共放了好幾排槍；司令的是用警笛；警笛一鳴，便是一排槍，警笛一聲接著一聲，槍聲就跟著密了，那警笛聲甚淒厲，但有幾乎一定的節拍，足見司令者的從容！後來聽別的目睹者說，司令者那時還用指揮刀指示方向，總是向人多的地方射擊！又有目睹者說，那時執政府樓上還有人手舞足蹈的大樂呢！

我現在緩敘第一次槍聲稍歇後的故事，且追述些開槍時的情形。我們進場距開槍時，至多四分鐘；這其間有照相有報告，有一兩處的嚷聲，我都已說過了。我記得，我確實記得，最後的嚷聲距開槍只有一分餘鐘；這時候，群眾散而稍聚，稍聚而復紛散，槍聲便開始了。這也是我說過的。但「稍聚」的時候，陣勢已散，而且大家存了觀望的心，頗多趑趄不前的，所謂「進攻」的事是絕沒有的！至於第一次紛散之故，我想是大家看見衛隊從背上取下槍來裝子彈而驚駭了；因為第二次紛散時，我已看見一個衛隊（其餘自然也是如此，他們是依命令動作的）裝完子彈了。在第一次紛散之前，群眾與衛隊有何衝突，我沒有看見，不得而知。但後來據一個受傷的說，他看見有一部分人——有些是拿木棍的——想要衝進府去。這事我想來也是有的；不過這絕不是衛隊開槍的緣由，至多只是他們的藉口。他們的荷槍挾彈與不上刺刀（故示鎮靜）與放群眾自由入轅門內（便於射擊），都是表示他們「聚而殲旃」的決心，衝進去不衝進去是沒有多大關係的。證以後來東門口的攔門射擊，更是顯明！原來先逃出的人，出東門時，以為總可得著生路；那知迎頭還有一支兵，——據某一種報上說，是從吉兆胡同來的手槍隊，不用說，自然也是殺人不眨眼的府衛隊了！——開槍痛擊。那時前後都有槍彈，人多門狹，前面的槍又極近，死亡枕藉！這是事後一個學生告訴我的；他說他前後兩個人都死了，他躲閃了一下，總算倖免。這種間不容髮的生死之際也夠人深長思了。

照這種種情形，就是不在場的諸君，大約也不至於相信群眾先以手槍轟擊衛隊了吧。而且轟擊必有聲音，我站的地方，離開衛隊不過二十餘步，在第二次紛散之前，卻絕未聽到槍聲。其實這只要看政府巧電的含糊其辭，也就夠證明了。至於所謂當場奪獲的手槍，雖然像煞有介事地舉出號數，使人相信，但我總奇怪；奪獲的這些支手槍，竟沒有一支曾經當場發過一響，以證明他們自己的存在。——難道拿手槍的人都是些傻子麼？還有，現在很有人從容的問：「開槍之前，有警告麼？」我現在只能說，我看見的一個衛隊，他的槍口是正對著我們的，不過那是剛裝完子彈的時候。而在我上面的那位可憐的朋友，他流血是在開槍之後約一兩分鐘時。我不知衛隊的第一排槍是不是朝天放的，但即使是朝天放的，也不算是警告；因為未開槍時，群眾已經紛散，放一排朝天槍（假定如此）後，第一次聽槍聲的群眾，當然是不會回來的了（這不是一個人膽力的事，我們也無須假充硬漢），何用接二連三地放平槍呢！即使怕一排槍不夠驅散眾人，盡放朝天槍好了，何用放平槍呢！所以即使衛隊曾放了一排朝天槍，也絕不足做他們絲毫的辯解；況且還有後來的攔門痛擊呢，這難道還要問：「有無超過必要程度？」

第一次槍聲稍歇後，我茫然地隨著眾人奔逃出去。我剛發腳的時候，便看見旁邊有兩個同伴已經躺下了！我來不及看清他們的面貌，只見前面一個，右乳部有一大塊殷紅的傷痕，我想他是不能活了！那紅色我永遠不忘記！同時還聽見一聲低緩的呻吟，想是另一位的，那呻吟我也永遠不忘記！我不忍從他們身上跨過去，只得繞了道彎著腰向前跑，覺得通身懈弛得很；後面來了一個人，立刻將我撞了一跤。我爬了兩步，站起來仍是彎著腰跑。這時當路有一副金絲圓眼鏡，好好地直放著；又有兩架自行車，頗擋我們的路，大家都很艱難地從上面踏過去。我不自主地跟著眾人向北躲入馬號裡。我們偃臥在東牆角的馬糞堆上。馬糞堆很高，有人想爬牆過去。牆外就是通路。我看著一個人站著，一個人正向他肩上爬上去；我自己覺得絕沒有越牆的氣力，便也不去看他們。而且裡面槍聲早又密了，我還得注意運命的轉變。這時聽見牆邊有人問：「是學生不是？」下文不知如何，我猜是牆外的兵問的。那兩個爬牆的人，我看見，似乎不是學生，我想他們或者得了兵的允許而下去了。若我猜的不大錯，從這一句簡單的問語裡，我們可以看出衛隊乃至政府對於學生海樣深的仇恨！而且可以看出，這一次的屠殺確是有意這樣「整頓學風」的。我後來知道，這時有幾個清華學生和我同在馬糞堆上。有一個告訴我，他旁邊有一位女學生曾喊他救命，但是他沒有法子，這真是可遺憾的事，她以後不知如何了！我們偃臥馬糞堆上，不過兩分鐘，忽然看見對面馬廄裡有一個兵拿著槍，正裝好子彈，似乎就要向我們放。我們立刻起來，仍彎著腰逃走；這時場裡還有疏散的槍聲，我們也顧不得了。走出馬路，就到了東門口。

這時槍聲未歇，東門口擁塞得幾乎水洩不通。我隱約看見底下蜷縮地蹲著許多人，我們便推推搡搡，擁擠著，掙扎著，從他們身上踏上去。那時理性真失了作用，竟然不以為怪似的。我被擠得往後仰了幾回，終於只好竭全身之力，向前而進。在我前面的一個人，腦後大約被槍彈擦傷，汩汩地流著血；他也同樣地一歪一倒地掙扎著。但他一會兒便不見了，我想他是平安的下去了。我還在人堆上走。這個門是平安與危險的界線，是生死之門，故大家都不敢放鬆一步。這時希望充滿在我心裡。後面稀疏的彈子，倒覺不十分在意。前一次的奔逃，但求不即死而已，這回卻求生了；在人堆上的眾人，都積極地顯出生之努力。但仍是一味的靜；大家在這千鈞一髮的關頭，那有閒心情和閒工夫來說話呢？我努力的結果，終於從人堆上滾了下來，我的運命這才算定了局。那時門口只剩兩個衛隊，在那兒閒談，僥倖得很，手槍隊已不見了！後來知道門口人堆裡實在有些是死屍，就是被手槍隊當門打死的！現在想著死屍上越過的事，真是不寒而慄呵！

我真不中用，出了門口，一面走，一面只是喘息！後面有兩個女學生，有一個我真佩服她；她還能微笑著對她的同伴說：「他們也是中國人哪！」這令我慚愧了！我想人處這種境地，若能從怕的心情轉為興奮的心情，才真是能救人的人。苦只一味的怕，「斯亦不足畏也已！」我呢，這回是由怕而歸於木木然，實是很可恥的！但我希望我的經驗能使我的膽力逐漸增大！這回在場中有兩件事很值得紀念：一是清華同學韋杰三君（他現在已離開我們了！）受傷倒地的時候，別的兩位同學冒死將他抬了出來；一是一位女學生曾經幫助兩個男學生脫險。這都是我後來知道的。這都是俠義的行為，值得我們永遠敬佩的！

我和那兩個女學生出門沿著牆往南而行。那時還有槍聲，我極想躲入胡同裡，以免危險；她們大約也如此的，走不上幾步，便到了一個胡同口；我們便想拐彎進去。這時牆角上立著一個穿短衣的看閒的人，他向我們輕輕地說：「別進這個胡同！」我們莫名其妙地依從了他，走到第二個胡同進去；這才真脫險了！後來知道衛隊有搶劫的事（不僅報載，有人親見），又有用槍柄、木棍、大刀、打人、砍人的事，我想他們一定就在我們沒走進的那條胡同裡做那些事！感謝那位看閒的人！衛隊既在場內和門外放槍，還覺殺得不痛快，更攔著路邀擊；其泄忿之道，真是無所不用其極了！區區一條生命，在他們眼裡，正和一根草，一堆馬糞一般，是滿不在乎的！所以有些人雖倖免於槍彈，仍是被木棍，槍柄打傷，大刀砍傷；而魏士毅女士竟死於木棍之下，這真是永久的顫慄啊！據燕大的人說，魏女士是於逃出門時被一個衛兵從後面用有楞的粗大棍兒兜頭一下，打得腦漿迸裂而死！我不知她出的是哪一個門，我想大約是西門吧。因為那天我在西直門的電車上，遇見一個高工的學生，他告訴我，他從西門出來，共經過三道門（就是海軍部的西轅門和陸軍部的東西轅門），每道門皆有衛隊用槍柄、木棍和大刀向逃出的人猛烈地打擊。他的左臂被打好幾次，已不能動彈了。我的一位同事的兒子，後腦被打平了，現在已全然失了記憶；我猜也是木棍打的。受這種打擊而致重傷或死的，報紙上自然有記載；致輕傷的就無可稽考，但必不少。所以我想這次受傷的還不止二百人！衛隊不但打人，行劫，最可怕的是剝死人的衣服，無論男女，往往剝到只剩一條袴為止；這只要看看前幾天《世界日報》的照相就知道了。就是不談什麼「人道」，難道連國家的體統，「臨時執政」的面子都不顧了麼；段祺瑞你自己想想吧！聽說事後執政府乘人不知，已將死屍掩埋了些，以圖遮掩耳目。這是我的一個朋友從執政府裡聽來的；若是的確，那一定將那打得最血肉模糊的先掩埋了。免得激動人心。但一手豈能盡掩天下耳目呢？我不知道現在，那天去執政府的人還有失蹤的沒有？若有，這個消息真是很可怕的！

執政府大屠殺記

這回的屠殺，死傷之多，過於五卅事件，而且是「同胞的槍彈」，我們將何以間執別人之口！而且在首都的堂堂執政府之前，光天化日之下，屠殺之不足，繼之以搶劫，剝屍，這種種獸行，段祺瑞等固可行之而不恤，但我們國民有此無臉的政府，又何以自容於世界！——這正是世界的恥辱呀！我們也想想吧！此事發生後，警察總監李鳴鐘匆匆來到執政府，說「死了這麼多人，叫我怎麼辦？」他這是局外的說話，只覺得無善法以調停兩間而已。我們現在局中，不能如他的從容，我們也得問一問：

「死了這麼多人，我們該怎麼辦？」

現代生活的學術價值

近來在《北京大學國學門研究所週刊》上，看到顧頡剛先生的〈一九二六年始刊詞〉，又在《晨報副刊》上看到他的論小戲轉變的雜記，又在《現代評論》上看到楊金甫先生論國學的文字，我也引起了一些感想。我的感想與他們二位的主旨無甚關涉，只是由他們的話引起了端緒而已。

可惜三篇文只有一篇在我手邊，我所要用的話，有些已不能確憶；現在只略述大意，以資發凡。顧先生說，我們研究學問，不一定要向舊書堆裡去找；我們若願留意，可以在每日所聞所見裡尋到許多研究的材料。可是一向無人注意這種材料，他們以不平等的眼光看待古代和現代的東西。敦煌石室出來的物事，誰都當做珍物祕玩；但是北大國學門研究所風俗室裡的弓鞋和玩具，便有人搖頭了。顧光生在那篇〈一九二六年始刊詞〉的第二節裡，記這種「勢利」的情形，最是有趣。楊先生〈從紅毛鬼子說到北大國學週刊〉的時候，很謙虛地說，他最喜歡《週刊》上蒐集的歌謠和民間故事，其餘是不大懂得的。若我不猜錯，他是喜歡現代的東西的。

現代生活的學術價值

〈一九二六年始刊詞〉的第三節裡，論學術平等，真是十分透澈；顧先生說：

凡是真實的學問，都是不受制於時代的古今，階級的尊卑，價格的貴賤，應用的好壞的。

下面舉了許多有力的例，來說明這條原則。我現在所要說的，大致仍不出顧先生的範圍，但我想專注重「時代的古今」一種限制上。我們生活在現代，自然與現代最有密切關係，但實際上最容易忘記的也是現代。莊子說，「魚相忘於江湖」，可以斷章取義地用來說明這種情形。因此人或夢想過去，或夢想將來；「夢想過去」或「夢想將來」的價值相等或不等，且不用問；而忘記了現在，失去自己的立場，至多也只是「聊以快意」而已，什麼也得不著！我們中國人一直是「回顧」的民族，我們的黃金世界是在古代。「夢想過去」的空氣籠罩了全民族，於是乎覺得凡古必好，凡古必粹，而現在是「江河日下」了。我不敢說中國人是最鄙棄「現在」的民族，我敢說我們是最鄙棄「現在」的民族之一。過去有過去的價值，並非全不值得回顧，有時還有回顧的必要；我所不以為可的，是一直的夢想，僅僅乎一直的夢想！他們只抱殘守缺地依靠著若干種傳統，以為是引他們上黃金世界的路。他們絕不在傳統外去找事實，因此「最容易上古人的當」。上當而不自知，永遠在錯路上走，他們將永不認識過去的真價值。他們一心貫注的過去，尚且不能了了，他們鄙夷不屑的現在，自然更是茫然。於是他們失去了自己，只麻木地一切按著傳統而行；直到被傳統壓得不能喘氣而死。

要知道單只憑著若干種傳統，固不足以知今，亦不足以知古。偶讀《論衡．謝短篇》，有一節很可以說明這層意思：

「夫儒生之業五經也，南面為師，旦夕講授章句，滑習義理，究備於五經可也。五經之後，秦漢之事，無不能知者（此句疑有衍文），短也。夫知古不知今，謂之陸沉；然則儒生，所謂「陸沉」者也。五經之前，至於天地始開，帝王初立者，主名為誰，儒生又不知也。夫知今不知古，謂之盲瞽。五經比於上古，猶為今也；徒能說經，不曉上古，然則儒生所謂盲瞽者也。」

……

「儒不能都曉古今，欲各別說其經，經事義類，乃以不知為貴也，事不曉，不以為短，請復別問儒生。各以其經旦夕之所講說」……「夫總問儒生以古今之義，儒生不能知；別名以其經事問之，又不能曉；斯則坐守信師法（依《論衡．舉正》改），不頗博覽之咎也。」

王充的目的在勸人博覽，與本篇主旨無甚關涉；但他說知今與知古同樣重要，泥古的「儒生」不但不知今，實也不知古，不但不知廣義的古，連他們所泥那一點兒古，其實也不曾能明白：這卻是他的卓見。他罵他們是「陸沉」，是「盲瞽」，真是快人快語。只可惜王充死了快二千年了，到現在，「儒生」——而且何止「儒生」！——的情形還是一樣！

你只看近年來同學的復興，便可知道個中的消息。我並不來附和吳稚暉先生，要將線裝書扔到毛廁裡去；我只覺得復興後的國學所走的「大路」，並不曾比舊日寬放多少，這是令人遺憾的！胡適之先生在《北大國學季刊》的發刊辭裡，說起清代三百年的學問家，只在幾部經書裡打圈子，不肯將研究的範圍擴大；所以成功雖有，到底太狹窄了，不能有真正的通學（大意如此）。但這也是時代使然。那時是閉關時代，參考比較的資料不多，無以啟發一般人的新思想；所以只想做補苴罅漏的工夫，不能做融會貫通的事業。現在的時代可不同了，我們受了「外國的影響」，已歷有年所；外國的影響可以給我們許多好處，但有一點最重要的，就是：現代生活的學術價值！使我們知道，不僅古代載籍及器物等，配做學術研究的材料，現代載籍及器物等也配的！不僅載籍及莊嚴的器物等配做學術的資料，這是一支山歌之微，一雙弓鞋之細，也配的。這種平等的觀念，中國從前雖有人略略提起（如王充），但早被傳統的空氣壓下去了；近來的復活，卻全是外國的影響。不過所謂外國的影響，也就可憐得很！據我所知，只在國語文學運動和五四運動以後數年間，現代的精神略一活躍而已。這時期一般人多或少承認了現代生活的價值，他們多或少從事於現代生活的研究。研究舶來的新的「文化科學」的，足以遮沒了研究國學的人；於是乎興了「國粹淪亡」之嘆。但這種嘆息，實在大可不必；因為不久國學就復興了，而且仍是老樣子——有幾個「旁逸斜出，舍大道而弗由」的是例外。其實有幾個肯「旁逸斜出」，敢「旁逸斜出」呢！所謂老樣子者：一，國學外無學；二，古史料外無國學。在這兩個條件之下，現代生活的學術價值等於零！

本篇係就中國立論，我所謂現代生活的學術價值，就是以現代生活的材料，加入國學的研究，使它更為充足，完備；而且因為增多比較的事例，使它更能得著明確的結論。不過「國學」這個名字，極為含混；似乎文化科學，自然科學，哲學，文學，都可包羅在內——我想將來還是分別立名的好。我說以現代生活的材料加入國學，現在一般研究——實在應該說迷信！——國學的人，絕不肯如此想。大約是由於「傲慢」，或婉轉些說，是由於「學者的偏見」，他們總以為只有自己所從事的國學是學問的極峰——不，應該說只有他們自己的國學可以稱得起正宗的學問！他們自己的國學是些什麼呢？我，十足的外行，敢代他們回答：經史之學，只有經史之學！你看，他們所走的「大路」，比清代諸老先生所曾走的，又寬放了多少？左右是在些古史料裡打圈兒！不想研究了這麼些年的國學，還只在老路上留戀著！我不是說在這條老路上走的，一些沒有進步；但是我們所要的是更長足的進步，是廣開新路！即如我們所敬服的王靜安先生，他早年的確是一個開新路的人；他在《宋元戲曲史》的序裡說戲曲史這種學問，古人沒有做過，是由他創始的。這種「創新」的精神（雖然並非以現代生活為材料），是值得珍貴的。而且他還研究西洋哲學呢。但他後來漸漸改變態度，似乎以為這種東西究竟是俚俗，是小道，不值得費多大的氣力；他於是乎仍走上了那條「大路」，便是經史之學！自然，他的走上這條「大路」，絕不算我們的損失；他根據了他的新材料，發明了許多新見解——所給與我們的已經很厚了。他雖不再開新路，但在老路旁，給我們栽了許多新鮮的樹木和花草，他的工作確是值得珍貴的。假使我們只有少數學者如此，我們不但不覺得不好，而且覺得是必要的；因為我們需要經史之學的專家，正和需要別的專家一樣。但同時得承認，他們是有偏見的。他們的偏見若變成一般研究國學者的意見，如今日一樣，那卻是妨礙國學的長足的發展的；大家擠在一條路上，最是不經濟！所以為一般研究者計，我們現在非打破「正統國學」的觀念不可。我們得走兩條路：一是認識經史以外的材料（即使是弓鞋和俗曲）的學術價值，二就是認識現代生活的學術價值。

實在，我們現在不怕沒有人研究那難研究的古史料，只怕沒有人研究這較易研究的現代生活——現在的也是將來的史料。我常想一般研究國學者輕今而重古的原因，除「黃金世界在古代」一條根本信仰外——這個信仰或自覺或不自覺——不外「難得」與「新異」兩端。「物稀為貴」，敦煌石室的片紙隻字失了就完了，從此不能再有，況發現也是偶然碰著機會，不是能隨心所欲的。因此行市便大了。而且東西是古代的，非我們所素習，使我們感著一種新鮮的異代的趣味，正和到新國土感著異域的趣味一樣。因此行市便大了。但這兩端兒竟所關不巨，所關最巨者，厥唯那個根本信仰；此經史之學所以為正統也。但我們得知道：「後之視今，猶今之視昔」；無論傳統的精神變化如何，我們的子孫必有人努力研究我們，和我們研究「先民」一樣。他們所有的困難，也將和我們現在所有的大同小異。我們上古的先民，大概還不知道怎樣研究自己，所以只有若干簡陋的生料（恕我大膽，「六經」也在其中！）留給我們；中古近古的先民卻又研究古人，遠過於研究自己，所以也沒有完備的材料，記載或解釋他們自己生活的，留給我們。我們的困難便由此而生；我們現在所知於我們的先民的，實在是極少極少的！我們是沒法的了，我們的子孫難道還有受這種困難的必要麼！我們得給他們預備一條平坦的路，而這實在也有我們自己的好處。我們誰都有求知欲不是？我們誰都要求滿足不是？

而且我們誰都願意別人明白我們，愈多愈好。這就得了！試問若只有人研究古代史，而卻沒有人提綱挈領地告訴我們民國十五年來的政治、經濟、學術、文藝遷變之跡，我們能滿足麼？若只有人研究《詩經》，而卻沒有人告訴我們現在孟姜女歌曲的本末，我們能滿足麼？有人聽見說到元代的雜劇，明代的傳奇，便肅然起敬（其實在正宗的國學家看來，這些也只是小道），聽見說到皮黃或顧先生說的小戲，便鄙夷道，「這有什麼道理！」是的，這有什麼道理！有人研究小學，研究《說文》，研究金文，研究甲骨文，至矣，盡矣；至於破體俗字，那當然是不登大雅之堂，不值通人一笑的。但破體俗字在一般社會生活裡，倒也有些重要，似非全無理由可言；而且據魏建功先生說，這些字也並非全無條例，如「歡」省作「欢」，「觀」省作「观」，「權」省作「权」，「勸」省作「劝」，是很整齊的，頗值得加以研究。是的，在小學家看來，這又有什麼道理！然而我相信張東蓀先生的話，他說：「凡文明都是有價值的；凡價值都是有時代性的。」我們且不管價值的時代性，我們只要知道，古史料只是古代生活的遺跡；現代生活是現代生活的自身，為甚反該被人鄙夷呢？我並不勸大家都來研究現代生活，我沒有那麼功利；我只說應該有些人來專門地或附帶地研究現代生活，不要像現在這般寂寞便好了。因為我們既要懂得古代，也一樣地——即使不是更迫切地——要懂得現代。而且人有「自表」

的本能，我們將我們自己表白於異國人和後世人，不但是我們的責任，而且是我們的快樂；這自然也非先懂得現代不可。至於將現代與古代打成一片，那更是我們所切望；但這種通學是不容易得的。

「自知」誠哉是極難的；以現代人研究現代生活，「當局者迷」的毛病，或者是難免的。但我不相信局外的人會比局中的人強；與其讓外國人或後世人研究我們，還不如我們自己研究好。我們即使不能完全了解我們自己和時代，但所了解的總一定比別人多；因為我們有許多的活證，外國人不懂得用，後世人得不著用。所以現代人研究現代生活，比較地實在最為適宜；所以為真理的緣故，我們也應該有些人負這個責任。至於研究的方法，不用說我是相信科學方法的。研究的途徑，我也說了：一是專門就現代生活作種種的研究，如宗教，政治，經濟，文學等；蒐集現存的歌謠和民間故事，也便是這種研究的一面。一是以現代生活的材料，加入舊有的材料裡共同研究，一面可以完成各種學術專史，一面可以完成各種獨立的中國學問，如中國社會學，中國宗教學，中國哲學——現在中國地質的研究頗有成績，這種通常不算入國學之內，但我想若將國學一名變為廣義，也未嘗不可算入。這兩種工作都須以現代生活為出發點；現在從事的人似乎都很少。——傳統的和正宗的空氣壓得實在太厲害了！但現代這一塊肥土，我們老是荒棄不耕，總未免有些可惜吧！

或者有人要說，「國學」一名，本只限於歷史，考古一方面，正和「埃及學」一樣，原可不必勉強牽入現代的材料。但無論史，考古等學問的完成，一部分仍非依賴現代的材料不可，而「國學」一名，意味也與「埃及學」絕不相同——埃及是已亡的國家，故「埃及學」所涵，有一定的範圍；中國是生存的國家，「中國學」所指，何能限定呢！話又說回來了，我想「國學」這個名字，實在太含混，絕不便於實際的應用；你看英國有「英國學」否？日本有「日本學」否？據我所知，現存的國家沒有一國有「國學」這個名稱，除了中國是例外。但這只是「國學」這個籠統的名字存廢的問題，事實上中國學問應包含現代的材料，則是無庸置疑的。因為我們是現代的人，即使研究古史料，也還脫不了現代的立場；我們既要做現代的人，又怎能全然抹殺了現代，任其茫昧不可知呢？現在研究史料的人，似乎已經不少；我盼望最近的將來多出些現代研究的專家，這是我們最不可少的！而更要緊的，先要打破那「正統國學」的觀念，改變那崇古輕今的風氣；空冒無益，要有人先做出幾個沉重的例子看看才行！有「現代的嗜好」的人努力吧！

翻譯事業與清華學生

梁任公先生〈翻譯文學與佛典〉一文的結末說：

讀斯篇者，當已能略察翻譯事業與一國文化關係之重大。今第二度之翻譯時期至矣。從事於此者，宜思如何乃無愧古人也。

梁先生這篇文最初載在《改造》上，他所謂「第二度之翻譯時期」，大約指「新文化運動」以來的時期而言。這時候，大家正努力地介紹西方文化；翻譯的文書，日出不窮。梁先生的話，正是對此而發的。我們的新文化，不用說，全是「外國的影響」；而外國的影響又幾乎全是從翻譯的文書來的。翻譯事業的重要，蓋可想見。雖然西方文書的翻譯，明末清末兩個時期中均已有之，但譯手之眾，譯籍之多，流行之廣，和我們的時期相比，究竟差得太遠了。在我們這時候，翻譯的文書幾乎成了知識的唯一的泉源；每一書出，均有人手一編之概。但近一二年來，情勢卻頗有變異。變異的原因：是一般的對於翻譯的不信任，二是國學的盛興。

新文化運動以來的譯文譯書，其「糟糕」是「有目共賞」、「有口皆碑」，不用我說的。我們所要的是質好，不是量多。量多是沒有用的，吃兩個壞雞子兒，不如吃一個好的；而吃三個壞的比吃兩個壞的更壞！我們的翻譯者，實在太不檢點了！一般人乘著思潮轉變的機會，利用「飢者易為食，渴者易為飲」的情勢，不量力、不選擇、不研究、不慎重下筆，隨便檢起一本從未讀過的書便譯，隨讀隨寫，寫了便算，寫完便印。書到讀者的手裡，他們絕不會逐句看懂，只好囫圇吞棗地唸過，得些模糊影響的大意，便算受用。這樣兩只是白糟踏了兩方面的時間精力，於學問的前途是絲毫無補的！因此引起了一般的對於翻譯的抨擊——無法辯解的抨擊。翻譯（除了極少數）的不足信任，漸漸深入一般人之心；翻譯的權威便墜落了。一般的不信任，實在是翻譯事業的致命傷！

國學的盛興事實上雖影響了翻譯事業；但據我想，這件事到底不會阻礙翻譯事業的，若一般人不像現在這樣不信任翻譯。我願意將翻譯事業和國學運動看得同等重要，各由勝任的人負責做出；兩者斷乎不致相妨的。還有，在文學的範圍裡，郭沫若先生曾說過創作比如處女，翻譯比如媒婆；他的意思，做媒婆遠不如做處女的好。關於這個問題，已有過好多討論；我寧願將兩者平等看待，因為外國的影響如新鮮的滋養品，中國要有一個新的健壯的身體，這是不可少的。又有人說，要了解西方文化，讀原文書，豈不確實得多！翻譯無論如何好，總比原文差；費力不討好，何取乎此呢！根本辦法還是設法普及外國文要緊！這話也未嘗無理。但外國文的普及，不是一時可以做到的事，而且能普及到如何程度，也大是疑問。即如日本，外國文是比中國普及了，但他們的翻譯事業仍舊是日新月盛——歐美新出的書，一年或幾個月便會有譯本出現。原來外國文的普及究竟沒有本國文的普及容易；要圖西方文化的普及，便是在日本，也還不能不靠翻譯做捷徑。中國連本國文的普及還早得很呢，更不用說外國文，翻譯自更不可少。還有，翻譯能夠使外來的學問漸漸變成本國的；因為記載，說理，既都用本國文，術語也用本國文字綴成，這樣，外來的思想自然便逐漸成至本國思想之一部。本國人對之，便有親切之感，研究的會多起來，新的創造也便會來了。佛家哲學之在中國，就是一個顯例。我這只是就一般的情形說；並非就一個人或一部人說——在他們，用外國文或本國文，與學問的創造是無關的。我只說，因翻譯而得著許多確當的新術語和新文體，可使一般人有所憑藉而樂於去治新學問，找新發現。但現在的翻譯，還早得很呢？

翻譯事業之所以衰敗，我在上面已略說其因，其過全在翻譯者。一般的翻譯者，外國文程度實在太淺，他們還不能辨明字的用法，還不能辨明句的構造，就動手翻譯名著。他們翻譯文學書，但他們對於那些書的作者並未了解；他們翻譯哲學書，但他們對於那些書的作者的思想系統，並未明白；他們翻譯科學書，但他們對於科學並未有過詳細的研究。但這樣還算好的，他們有些人壓根兒就沒看過他所要翻譯的書！他們一面查字典，一面看，一面寫；有些人字典也不用查，只憑著他們的天才去猜，只要上下文可以過去就得了，管他別的！無怪乎一些真內行看了吃驚，詫為創造的翻譯！至於他們辛辛苦苦翻譯出來的東西，所加惠於一般讀者的如何呢？我在上面也已約略說起；他們捧著譯本猜完了一遍或兩遍之後，那真實的受用，只有天知道罷了！這不獨有愧從前翻譯佛經的諸大師，就連「做漢魏六朝的八股」的嚴又陵先生那種「一名之立，旬月踟躕」的精神，也還差得遠呢！這真令人興「世風不古」之嘆了！

現在該說清華學生了。我的題目要說得嚴密一些，應該說「舊制清華學生與英漢翻譯事業」。所謂「舊制清華學生」包括歸國的，留學的，及在校的高年級諸君而言。他們因為預備留美的關係，受過充分的英文訓練；除教會學校外，別的學校在這一點上，是不如他們的。就一般情形論，他們看的英文書自然比較地多，他們寫作英文的力量自然也比較地強。憑著這兩個條件，我說他們比較地是最適於英漢翻譯事業的人，即使不是僅有的適於英漢翻譯事業的人（因為教會學校的學生，也有相似的情勢）。他們自然有許多事業，有許多使命，但振興中國的翻譯事業，大規模地介紹西方文化，他們也得負一大部分的責任。在所謂「第二度之翻譯時期」中，他們也得扮演幾個重要的角色。況且現在又有了「翻譯」（英譯漢）的功課，他們將更能自覺他們在這方面的責任了。

他們所能做的，第一自然是翻譯文書。必須有好好的幾百部名著的名譯本，中國的翻譯界才可望有生氣；一般人對於西方文化，才可望有正確的了解。但做這種工夫的費時較多，一時未必有多少名譯出現；較簡便的方法是「節要」，將若干種名著，節譯或編述其要旨，匯為一書，以便一般人瀏覽。這種東西自不足語於高深，但也頗有用處，可以與譯全書一法相輔而行。此外還有註釋一法，選擇精粹的材料，詳加參考，為之解明。此法最宜用於文學。日本用後兩種方法編成的書極多，皆屬於廣義的翻譯名下。這些辦法，都是我們現在所急需的，大可一試。還有，對於現在的翻譯界要做一番澄清的工夫，批評的事也可做的。有一個時期曾經有人做過，現在似乎已消沉了。這可使得一般翻譯者不敢隨便動手；讓他們取得太多的自由，實在是要不得的！

無論如何，最要緊的，翻譯的取材，只能限於自己專攻的學科；要想兼差，侵入別人範圍，是費力不討好的（曾有此例，茲不舉）。現在一般的翻譯者正因太多能了，結果是一無所能；什麼都能翻，什麼都翻不好！而尤不可缺的是忠於所事的態度。看了梁先生所說的譯經諸大師之慎重所事，真令人惕然警覺！翻譯最好結一團體，系統地做去；由大家分任門類，審定各名著後先，按部就班地進行。這是大路。有些人愛走偏鋒，隨心所喜，專選有特別趣味的東西翻譯，不成系統，那也一樣有用。

清華學生從前似乎很少從事於這種事業的，我覺甚為可惜；我希望他們以後別再忘記了這一部分的責任。這與你們文化的前途是極有關係的！

悼何一公君

一公初病的一禮拜，有一天，他的同鄉夏君匆匆地和我說：「一公病了；他請你給週刊幫忙。」那時我正要上課，不曾詳問病情；以為總不過是尋常的病罷了。到了那禮拜六的傍晚，李健吾君因事找我，由他的稿子說到一公的病；我才知道一公的病很厲害，不過那兩日已好些了。我和健吾約了晚飯後去看他。晚飯後我到醫院去時，聽差告訴我他已搬到協和醫院去了。這使我吃了一驚，因為總是病又厲害了才到協和去的！我於是想下一個禮拜六進城去看他；那裡知道他到禮拜四便和我們撒手了！禮拜日的早上，我卻去參加他的殯式，這真如做夢一般。

一公逝世的消息，是禮拜四那晚上，李唯果君在圖書館樓上告訴我的。那時我剛從一個宴會回來，正在圖書館檢書；李君突然跑來和我說：「先生，你知道何鴻烈已死了？」我怔了一怔，覺得人間哀樂，真不可測，黯然而已。李君說他們這一級很不幸，周明群君之後，又弱了一個；而且兩個都很不錯！他說他們同級前回議紀念冊事，大家說將這本紀念冊「致獻」於周明群君；並說這該是最後的可以「致獻」的一個人了。誰

悼何一公君

知道還有何君呢？李君又說，一公初病時，他去看他，曾和他開玩笑道：「一公先生病了；幾時死？我們好預備輓聯與祭文。」一公也笑道：「好，你快預備吧。」這些也竟都成了讖語，真是夢想不到的。

一公的死，誰也夢想不到的！便是他自己病著時，也想不到的！舉殯那一天，他的同鄉葉君告訴我，他不曾有一句遺言；他們曾幾次試探，他始終沒有覺得似的。他，一個活潑潑的少年，哪裡會想到他竟要和死神見面呢？他真是一個活潑的人，又是一個極和藹的人。他的死，凡相識的都同聲悼惜；我想他是會被人常常記著的。

一公最會談話。前年暑假後，我初到清華，同學中第一個來和我談話的是他，我第一個認識的同學也是他。這因他是溫州人，而我在溫州教過書，所以我一到他就來看我。那是一個晚上；我們足談了兩個鐘頭。所談的題目，我已不能記起，大約牽連得很遠的。我只記著他的話和他談話的神氣都是很有趣的。以後他還和我長談過一兩回。有一回，孫春台君到清華來畫菊花，住了一禮拜。他和一公也是朋友。一公晚上常來找他談話；我只記得有一回他談到兩點鐘才回宿舍去。第二天春台告訴我，他談的是戲劇與政治，他將來所要專攻的，也就是這兩科，他愛好戲劇，我是早知道的；他有志於政治，我是這回才曉得的。但他平常談話，實在是說到戲劇時多。

他的愛好戲劇，愛好文學，似乎過於政治；我總是這樣想。這由同學給他的「莎士比亞」的評號可以證明。他對於戲劇真是熱心。他編過幾種劇本，但我沒有細看過；我在前年本校國慶慶祝會中，看過他編撰兼導演的一個戲。他後來雖謙遜著說不好，我覺得實是不錯的。他對於本校的演劇，有種種計劃；因缺乏幫助，都還未能實現。但李健吾君告我，一公病前還和他說，在最近的期間內，一定要演一回戲。現在是什麼都完了！一公論戲劇，論文學，常有精警的話。去年暑假回南，我和他同船。有一晚，我們都在憑欄看月；月是正圓時，銀光一片；下面是波濤澎湃，浪花不時地捲上，打得我們身上都溼了。一公和我談論自然與創作；他的話都是很有份量的。

李唯果君告我，一公病前和他談起最近的計畫；說畢業後打算和他的未婚夫人去法國住兩年；西元一九二九年回國應本校第一次留美公開考試，再到美國去。他的計畫與志願都好，但現在只是「虛空的虛空」罷了。我們又能說些什麼呢？一公殮時，面上似乎還帶著生時的微笑，我們知道他現在又怎麼想呢？

新詩

「新詩破產了！
什麼詩！簡直是：
囉囉嗦嗦的講學語錄；
瑣瑣碎碎的日記簿；
零零落落的感慨詞典！」

這首「新詩」登在三四年前的《青光》上；作者的名字，我沒有抄下來，不知是誰。我保存這點東西的意思，一小半因為這短短的五行話頗有趣味，一大半因為「新詩破產」的呼聲，值得我們深切的注意。其實「新詩破產」的憂慮，也並非在這首「新」詩裡才有；較早的《青光》裡，我記得，至少還有一段，也是為新詩擔憂的。那是說，有一個學生，一心一意要做新詩人；終日不做他事，只伏在案上寫詩——一禮拜便寫成了一本集子！跟著的按語，大約是「這還了得！」之類。

據我所知道，新文學運動以來，新詩最興旺的日子，是西元一九一九至一九二三這四年間。《嘗試集》是西元一九一九出版的，接著有《女神》等等；現在所有的新詩集，十之七八是這時期內出版的。這時期的雜誌、副刊，以及各種定期或不定期的刊物上，大約總短不了一兩首「橫列」的新詩，以資點綴，大有飯店裡的「應時小吃」之概。但同時仍有許多人懷疑新詩；這自然不能免的。胡適之先生在西元一九一九年寫的《談新詩》裡說：

> 「……只有國語的韻文——所謂『新詩』——還脫不了許多人的懷疑。但是現在作新詩的人也就不少了。報紙上所載的，自北京到廣州，自上海到成都，多有新詩出現。」

作新詩的人之多，是實在的；而且自此年後，更是有加靡已。「許多人的懷疑」（即使是贊成「國語的散文」的人），也是實在的；但這只是一種潛勢力，尚不曾打出鮮明的旗幟。直到西元一九二二年一月，《學衡》出版，才有胡先驌先生〈評嘗試集〉一文，系統地攻擊新詩。他雖然出力攻擊，但因他的立場是「古學主義」（即古典主義），逆著時代而行，故似乎並未發生什麼影響。真正發生影響的議論，是隔了一年才有的。這時新文學主義者自己，有了非難新詩的聲音，而且愈來愈多。這種「蕭牆之禍」甚是厲害，新詩無論如何，看起來總似乎已走上了「物極必反」的那條老路。我上文所舉兩例，正在這些時候發見。

但這些還只是箴新詩末流之失；更有人進一步懷疑於新詩之存在。例如丁西林先生，我們有許多人讀過他國語的小說和戲劇，他就是個根本反對新詩的人。他在獨幕劇〈一隻馬蜂〉裡，有一段巧妙的對話；看他借了吉先生的口，怎樣攻擊新詩：

吉老太太：「現在這班小姐們，真教人看不上眼，不懂得做人。不懂得治家。我不知道她們的好處在什麼地方？」

吉先生：「她們都是些白話詩。既無品格，又無風韻。傍人莫名其妙，然而她們的好處，就在這個上邊。」

老太太：「我問你，你這樣的人也不好，那樣的人也不好，舊的你說她們是八股文，新的你又說她們是白話詩……」

吉：「是的，同樣的沒有東西，沒有味兒。」

〈一隻馬蜂〉最初是登在西元一九二三年十月分的《太平洋》上面；那時前後，各方面非難的話還很多，我現在不能遍引。

在「四面楚歌」中，新詩的中衰之勢，一天天地顯明。雜誌上，報紙上，漸漸減少了新詩的登載，到後來竟是鳳毛鱗角了。偶然登載，讀者也不一定會看；即使是零零落落的幾行，也會跨了過去，另尋別的有趣的題目。而去年據出版新詩集最多的上海亞

新詩

東圖書館中人告訴我，近年來新詩集的銷行，也迴不及從前的好。總之，新詩熱已經過去，代它而起的是厭倦，一般的厭倦。這時候本來懷疑新詩的人不用說，便是本來相信新詩的人，也不免有多少的失望。他們想，新詩或者真沒有足以自存的地方，真如胡先驌先生所詛咒的「微末之生存」吧？新詩或者真要「破產」吧？在這滿飛著疑問號的新詩壇上，我碰到好幾位朋友；他們都很納悶，暫時不願談到此事——他們覺得這個謎是不容易猜的。只有我的一個學生曾來過一封信，他說：

「我看近來國人對於詩的觀念，漸漸有些深沉，而不敢妄作。這不知是好還是壞的現象？但也許並不是深沉，『血呀淚呀花呀』，或是歌不出別的法門來了。所以如聞一多的〈漁陽曲〉、〈七子之歌〉、〈白薇曲〉之類，力想別開門徑，而表示豪漫深沉。然而也不容易！所以有時不得不嘆惜詠歌之將盡。……我想白話運用於文學，似乎有問題。我極願現時的白話再改進；不過自己沒有成績之先，未免是漂亮話。」

他因懷疑新詩，甚至懷疑「白話運用於文學」；他原是相信白話文學的人，現在他的懷疑，足以代表一部分曾經相信白話文學的人。所以很值得我們注意。

直到今年四月，聞一多、徐志摩諸先生出了一個《詩鐫》，打算重溫詩爐的冷火。他們顯然要提倡一種新趨勢；他們要「創造新的音韻，新的形式與格調」。這是《詩鐫》

同人之一，劉夢葦先生〈中國詩底昨今明〉一文中的話。此文印在去年十二月十二日的《晨報．副刊》上，雖不在《詩鐫》時代，卻可以代表《詩鐫》的主張與工作。同文裡又述聞一多先生的意見，說「中國詩似乎已經上了正軌」。這是指他們一派的新韻律的詩而言。後來劉先生自己在《詩鐫》裡也說過同樣的話。所謂新韻律，一是用韻，二是每行字數均等，三是行間節拍調勻；他們取法於西洋詩的地方，比取法於舊詩詞的地方多。這種趨勢，在田漢、陸志韋、徐志摩諸先生的詩中，已經逐漸顯露，《詩鐫》只是更明白地確定為共同的主張罷了。這種主張有它自己的價值，我想在後面再論。《詩鐫》確是一支突起的異軍，給我們詩壇不少的顏色！可惜只出了十一期便中止。它的影響可並不大，雖然現在還存留著在一小部分人之中；這或因主張本難普遍，或因時日太短。總之，事實上，暫時熱鬧絕不曾振起那一般的中衰之勢。我想《詩鐫》同人在這一點上必也感著寂寞的。有些悲觀的人或者將以為這是新詩的迴光返照，新詩的末日大概不久就會到臨了，我還不能這樣想。我所以極願意試探一探新詩的運命，在這危疑震撼的時候。

我覺得我們現在所要的是有意思的發榮滋長，而不是一陣熱空氣；熱空氣的消失，在我們是無損的。西元一九一九年來新詩的興旺，一大部分也許靠著它的「時式」。一般做新詩的也許免不了多或少的「趨時」的意味；正如聞一多先生所譏，「新是作時髦解的！」——自然，這並不等於說，全沒有了解新詩的價值的人！但那熱空氣究竟是沒有多少東西，多少味兒的；所以到了西元一九二三年九月，便有郭沫若先生出來主張「文藝上的節產」（《創造週報》十九號）。他雖非專論新詩，新詩自然占著重要的地位，在他的論旨裡。那裡面引達文齊與歌德為例，說：

「偉大的是他們這種悠長的等待！他們等待是什麼？在未從事創作之前等待的是靈感，在既從事創作之後等待的是經驗。」

……

「目前的世界為什麼沒有什麼偉大的作家，沒有什麼偉大的作品？目前的中國，為什麼沒有什麼偉大的作家，沒有什麼偉大的作品？我們可以知道了。我們可以說就是早熟的母體太多了，早產的胎兒太多了的緣故。」

「等待吧！等待吧！青年文藝家喲！」

我們若相信他的話，那麼，現在一般人所嘲諷，所憂慮的「新詩的衰頹」，可以說不是「衰頹」，而正是他所要求的「節產」，雖然並不是有意的。「節產」總可樂觀；我們是在等待靈感與經驗——「自然的時期是不可不等待的！」為什麼甫經四年的冷落，便嗒然自失呢？我覺我們做事，太貪便宜，求速成，實是一病。政治革命，十五年「尚未成功」，現在我們是明白的了；文學革命，詩壇革命，也正是一樣，我們只有努力向前，才能打出一片錦繡江山；何可回首欷歔，自短志氣？

我們的希望太奢了，故覺得報酬太少了；然而平心而論，報酬果然太少麼？我且斷章取義地引成仿吾先生的話：

「在這樣短少的期間，我們原不能對於他（新文學）抱過分的希望。而且只要我們循序漸進，不入迷途，我們的成功原可預計。……」（〈新文學之使命〉，《創造週報》二號，西元一九二三年五月）

再看周啟明先生的話：

「在批評家希望得見永久價值的作品，這原是當然的，但這種佳作是數年中難得一見的；現在想每天每月都遇到，豈不是過大的要求麼？」（《自己的園地》六十四頁）

這些話是很公平的。我們若以這兩種眼光來看新詩的發展，足可以減少我們的杞憂，鼓舞我們的勇氣。或許有人以為這種看法太樂天了，太廉價了。我們還可謹慎些說：我們至少可以相信，「此新國」不「盡是砂磧不毛之地」，此路未必不通行。這是胡適之先西元一九一六年說的話；那時只有他一個人在做「刷洗過的舊詩」，「真正白話詩」

還不曾出世呢。現在是十年以後了；還只說這樣話，想來總不算過分吧。十年來新詩壇的成績，雖不能使我們滿意，但究竟有了許多像樣的作品，這是我們可以承認的。單篇如西元一九一九年的〈小河〉，西元一九二四年的〈羸疾者之愛〉，完成的時期相隔五年；集子如西元一九二一年的《女神》，西元一九二五年的《志摩的詩》，出版的時期相隔四年；卻都是有光彩的作品。可見新詩壇雖確乎由熱鬧走向寂寞，而新詩的生命卻並未由衰老而到奄奄欲絕，如一般人所想。但好作品的份量，究竟敵不過那些「苦稻草，甘蔗渣，碎蠟燭」，我們也當承認。這也不見得是新詩的致命傷，因為混亂只是短時期的現象；而數年來的冷落，倒是一帖對症的良藥，足以奏摧陷廓清之功。所以看了一般人暫時的厭倦和新詩分量的減少，便斷定或憂慮它將短命而死的人，我覺得未免都是太早計！

若許我猜一猜新詩壇冷落的因果，我將大膽地說：生活的空虛是重要的原因。我想我們的生活裡，每天應該加進些新的東西。正如鍋爐裡每天須加進些新的煤一樣。太陽天天殷勤地照著我們，我們卻老是一成不變，懶懶地躲在運命給我們的方式中，任他東也好，西也好；這未免有些難為情吧！但是，你瞧，我們中有幾個不跟著古人，外人，或並世的國人的腳跟討生活呢？有幾個想找出簇新的自己呢？你說現在的新詩儘是歌詠自己，但是真能搔著自己的癢處的，能有幾人？自己先找不著，別人是要在自己裡找的，自然更是渺無音響！《詩》的二卷裡，葉聖陶先生有〈詩的泉源〉一文，說豐富的生活，自身就是一段詩，寫出不寫出，都無關係的。沒有豐富的生活而寫詩，憑你費多大氣力，也是「可憐無補費精神！」「豐富」的意思，就是要找出些東西，找出些味兒，在一件大的或小的事兒裡，這世界在不經心的人眼裡，只是「不過如此」；在找尋者的眼裡，便是無窮的寶藏，遠到一顆星，細到一根針。

現在作新詩的人，我們只要約略一想。便知道大多數——十之九——是學生。其中確有少數是天才，而大多數呢？起初原也有些蘊藏著的靈感；但那只是星火，在燎原之前，早已滅了；那只是一泓無源之水，最容易涸竭的。解放啟發了他們靈感，同時給予他們自由，他們只知道發揮那靈感，以取勝於一時，卻忘記了繼續找尋，更求佳境。是的，找尋是麻煩的，而他們又不願擱筆；於是不得不走回老路，他們倚靠著他們的兩大護法：傳統與模仿。他們罵古典派，「連篇累牘，不出月露之形，積案盈箱，唯是風雲之狀」，但他們自己不久也便墮入「花呀，鳥呀」，「血呀，淚呀」，「煩悶呀，愛人呀」的窠臼而不自知。新詩於是也有了公式，而一般的厭倦便開始了。更進一步，感傷之作大盛。傷春悲秋，滿是一套寬袍大袖的舊衣裳。說完了，只覺「不過如此」，「古已有之」。表面上似乎開了一條新路，而實際上是道地的傳統精神。新詩到此，真是換湯不換藥，在可存可廢之間。自由的形式裡，塞以硬塊的情思，自然是「沒有東西，沒有味兒」！這時間有能創作的人，那是不幸得很，他的衣服，非被一班躡腳跟的扯撏碎爛不可。如《女神》出後，一時昌言大愛者，風起雲湧；「一切的一切」等語調幾乎每日看見。朋友郢先生譏為鸚鵡學舌，實是確論。

論到形式，則創新者較多。雖然胡適之先生在西元一九一九年的〈談新詩〉裡說：「我所知道的『新詩人』，除了會稽周氏兄弟之外，大都是從舊式詩、詞、曲裡脫胎出來的。」（《胡適文存》卷一，二三五頁）

但後來便不然了，便是胡先生自己，後來也改變了。因為作新詩的人，有許多是白手起家，與舊式詩、詞、曲極少交涉，他們不得不自己努力。有許多並且進一步，想獨創一種形式。《詩鐫》中諸作，也正偏重在這一面，這原是很可樂觀的。但空有形式無用；沒有好的情思填充在形式裡，形式到底是不會活的。若說只要形式講究便行，與從前「押韻便是」又何異呢？一般人看新詩，似乎太注重它的形式之新，與舊體詩、詞、曲不同；因此來了一種重大的誤會，以為新詩唯一的好處是容易。雖然像《詩鐫》中所主張的新形式，也並非容易；但《詩鐫》是後來的事，而影響又不大，不能以為論據。我想「新詩人」之多，「容易」總是一個大原因。其實新詩何嘗容易？《詩鐫》說的新形式不用說，便是所謂「自由詩」，又豈是隨隨便便寫得好的？本文篇首所舉兩例，正是責備一般作者將作詩的事看得太容易了。要知道提倡的人本只說「詩體大解放」，並不曾說容易；提倡白話文，雖有人說是容易作，但那只是因時立說，並不是它的真價值。一般人先存了個容易的觀念，加以輕於嘗試的心思，於是粗製濫造，日出不窮。新詩自然愈來愈濫了。但這也是過渡時代不可免的現象。

這種現象，凡是愛護新詩的人，沒有不擔憂的，前面所引郭沫若先生的話，想也是因此而發。成仿吾先生在〈新文學之使命〉裡說得更是明白：

「我們的作家大多數是學生，有些尚不出中等學堂的程度，這固然可以為我們辯解，然而他們粗製濫造，毫不努力求精，卻恐無辯解之餘地。我們現在每天所能看到的作品，雖然報紙雜誌堂堂皇皇替他們登出來，可是在明眼人眼裡，只是些赤裸裸的不努力。作者先自努力不足，所以大多數還是論不到好醜。最厲害的有把人名錄來當做詩，把隨便兩句話當作詩的，那更不足道了。」

而鄭伯奇先生在〈新文學之警鐘〉（《創造週報》三十一號，西元一九二三年十二月）裡也說：

「現在文壇的收穫，太難令人滿意了；不僅不能滿意，並且使人不能不憂慮新文學的前途。且就詩說吧，這兩年來，流行所謂『小詩』，其形式好像自來的絕句、小令，而沒有一點音調之美。至於內容，又非常簡陋，大都是唱幾句人生無常的單調，而又沒有悲切動人的感情。在方生未久的新詩國中，不意乃有這種沉靡單簡的『小詩』流行，真可算是『咄咄怪事』！聽說這流行是由翻譯泰戈爾和介紹日本的和歌俳句而促成的；那麼更令人莫名其妙了。……」（以下論音調，後將再引）

「所謂小詩」，如周啟明先生〈論小詩〉裡所說，「是指現今流行的一行至四行的新詩。這種小詩……其實只是一種很普通的抒情詩，自古以來便已存在的。」我是贊成小詩的人，我相信〈論小詩〉中的話：

「如果我們『懷著愛惜這在忙碌的生活之中浮到心頭又復隨即消失的剎那的感覺之心』，想將他表現出來，那麼數行的小詩便是最好的工具了。」（所引俱見《自己的園地》五三頁）

我引鄭先生的話，只以見小詩也正同一般的新詩一樣，也流於濫的一途去了。在西元一九二三年的時候，我還覺得小詩比一般的新詩更容易，使人有「容易」的觀念，更易長粗製濫造之風。論到小詩，周先生的和歌俳句的翻譯，雖然影響不小，但它們的影響，不幸只在形式方面，於詩思上並未有何補益。而一般人「容易」的觀念，倒反得賴以助長。泰戈爾的翻譯，雖然兩方面都有些影響，但所謂影響，不幸太厲害了，變成了模仿；模仿是容易不過的，況在小詩！這自然都是介紹者始意所不及的。這樣雙管齊下的流行，小詩期經兩年而卒中止；於是一般的新詩與小詩同歸於冷清清的，非復當年勝概。我不敢說新詩的冷落，是小詩為之；但這其間，我相信，不無有多少的關係。不然，何相挾以俱退藏於密呢？但小詩究竟是少不了；它有它獨特的好處。我相信它和一般的新詩一樣，仍要復興的。而且小詩不但是「自古有之」，便是新詩的初期，也有這一體，不過很少，而且尚無小詩之名罷了。如《女神》中的〈鳴蟬〉，《草兒》中的〈風色〉，都是極好的小詩，可見這一體絕不是餘剩的了。

唱新詩等等

近年來新詩的氣象頗是黯淡。一年前我曾寫〈新詩〉一文。上篇已刊在《一般》雜誌上;在那裡面,我敘述新詩的歷史,並略說明暫時的冷落,未必即足制新詩的死命。下篇本定申說這後一層意見;但這要說到將來的事,而且近於立「保單」,未免使我為難。所以躊躇著,終於不曾下筆。

有一回和平伯談及,他說從前詩詞曲的遞變,都是跟著通行的樂曲走的。如絕句的歌唱有了泛聲,後人填以實字,便成為詞,就是一例。先有樂曲的改變,然後才有詩(廣義的)體的改變。至於王靜安先生《人間詞話》所說的「文體通行既久,染指遂多,自成習套。豪杰之士,……故循而作他體」,還是第二因。平伯說將專寫一書論此事。他又說新詩的冷落,沒有樂曲的基礎,怕是致命傷。若不從這方面著眼,這「冷落」許不是「暫時」的。

我想平伯的話不錯。但我很奇怪,皮黃代崑曲而興,為時已久,為什麼不曾給詩體以新的影響?若說俚鄙之詞,出於伶工之手,為文人所不屑道,那麼,詞曲的初期也正是一樣，何以會成為文學的正體呢？我不能想出一個滿意的解釋；或者皮黃文句太單調而幼稚，一班文人想不到它們有新體詩的資格吧？據我所記得的，只有錢玄同先生，在從前的《新青年》裡，似乎說起過皮黃戲的文學價值；但不久他似乎又取消了自己的意見。他可也沒說皮黃可以成為新體詩。而從歷史的例子所昭示的，皮黃及近百年一般通行的樂曲，確乎應成為新體詩；若它們真如我所猜，沒有具備著這種資格，那麼，文學史上便將留下一段可惜的空白了。

皮黃既與新體詩無干，因此論現在的新詩的，才都向歌謠裡尋找它的源頭。在近幾年裡，歌謠的研究，已「附庸蔚為大國」了。但歌謠的音樂太簡單，詞句也不免幼稚，拿它們做新詩的參考則可，拿它們做新詩的源頭，或模範，我以為是不夠的。說最初的詩就是歌謠，或說一切詩淵源於歌謠，是不錯的。但初期的詩直接出於歌謠，後來的便各有所因，歌謠只是遠祖罷了。至於現在的新詩，初時大部分出於詞曲，《嘗試集》是最顯著的例子。以後的作者，則似乎受西洋影響的多。所謂西洋影響，內容方面是新的人生觀和宇宙觀，形式方面是自由詩體。這新的人生觀和宇宙觀，不幸不久就已用完，重新換上風花雪月，傷春悲秋那些老調；只剩自由詩體存留著。直到去年，聞一多、徐志摩諸先生刊行《詩鐫》，才正式反對這自由詩體，而代以格律詩體，也是西洋貨色。

此外，翻譯的日本的小詩，那灑脫的趣味與短小的詩形也給了不少的影響；但後來所存的，也只有形式了。所以新詩徹頭徹尾受著外國的影響，與皮黃和歌謠同樣是「風馬牛不相及」。其後內容方面雖復歸於老調，但也只是舊來詩、詞、曲裡的東西，與皮黃和歌謠仍然無關的。

新詩之沒有樂曲的基礎，已是顯然。它是不是因此失了成立的根據？有人許要說，「是的」。但我想文學史的演進，到這一期，或者是呈著「突變」的狀態吧。它留下的一段空白，也許要讓新詩給填上。新詩即以形式論，無韻也好，有韻也好，自由體也好，格律體也好，總已給我們增出許多表現自己的方法。我們可以用它們表現舊來詩、詞、曲所不能表現的，複雜的現代生活；我們更希望用它們去創造我們的新生活。所以新詩也許不能打倒舊來一切詩、詞、曲，但它至少總該能占著與它們同等的地位：我直到現在是這樣相信著的。可是，詩的樂曲的基礎，到底不容忽略過去；因為從歷史上說，從本質上說，詩與音樂的關係，實在太密切了。新詩若有了樂曲的基礎，必易入人，必能普及，而它本身的藝術上，也必得著不少的修正和幫助。

有人說，新詩（無論無韻，有韻，自由體，格律體）不便吟誦，也是冷落之一因。這或者是的。為什麼新詩不便吟誦？我想，或由於文句的組織，或由於韻的不協調，或

唱新詩等等

由於不知如何吟誦，或竟由於不願吟誦之成見（新詩不能吟誦，不足吟誦，或不必吟誦之成見）。因前兩種緣故，才有人不顧胡適之先生「自然音節」說，而去試創新律，如田漢、陸志韋、徐志摩諸先生都是，平伯在詩的新律（《我們的七月》）一文中已述及。等到《詩鐫》出版，這新律運動便有了一定的標準，而且想造成風氣了。《詩鐫》裡頗有幾篇文說明這種新律，但我覺朱湘先生《志摩的詩》一文（去年《小說月報》一月號）或者更具體些，雖然此文並非為解釋新律而作。這時候有一件事令人注意，便是朱先生讀詩會的提議；我可以說，這是從後兩種緣故而來的。他在《詩鐫》上寫了一篇小文，說明讀詩的重要，並定下日子與地方，請人去聽他讀自己的詩。屆期他「臨時回戲」，大家失望。但不久以後，我卻聽見他的誦讀了。他是用舊戲裡丑角的某種道白的調子（我說不清這種調子什麼戲裡有）讀的；那是一種很爽脆的然而很短促的調子。他讀了自己的兩首詩，都用的這種調子。我想利用這種調子，或舊戲裡，大鼓書裡其他調子，倒都可行。只是一件，若僅用一種調子去讀一切的新詩，怕總是不合式的。這讀新詩的事，實甚重要；即使沒有下文所要說的唱新詩那樣重要，也能增進一般人誦讀新詩的興味，與舊來的「吟誦」不同的興味，並改進新詩本身的藝術的。可惜後來雖還有人提及此事（見《現代評論》），而讀詩會始終沒有實現。自然，這也是一種藝術，不是人人能討好的。

現在我要說唱新詩。將新詩譜為樂曲，並實地去唱，據我所知，直到目下，還只有趙元任先生一人。好幾年前，他的《國語留聲機片課本》中，便有了新詩的樂譜；我曾從那電影上，聽過鄭振鐸先生〈我是少年〉一首詩。前年北來至今，又三次聽到趙先生的自彈自唱，都是新詩。這三回的印象雖也還好，但似乎不像最近一次有特殊的力量。這回他在一個近千人的會場裡，唱了兩首新詩；彈琴的是另一個人。這或因他不用分心彈琴之故，或因樂曲之故，或因原詩之故：他唱的確乎是與往日不同。他唱的是劉半農先生的〈教我如何不想他？〉和徐志摩先生的〈海韻〉。唱第一首裡「如何教我不想他」那疊句，他用了各不相同的調子；這樣，每一疊句便能與其上各句的情韻密合無間了。唱第二首裡寫海濤的句子，他便用洶洶湧湧的聲音，使人竦然動念；到了寫黃昏的句子，他的聲音卻又平靜下去，我們只覺悄悄的，如晚風吹在臉上。這兩首詩，因了趙先生的一唱，在我們心裡增加了某種價值，是無疑的。散會後，有人和我說，「趙先生這回唱，增進新詩的價值不少」，這是不錯的。

我因此想到，我們得多有趙先生這樣的人，得多有這樣的樂譜與唱奏。這種新樂曲即使暫時不能像皮黃一般普及於民眾，但普及於新生社會和知識階級，是並不難的。那時新詩便有了音樂的基礎；它的價值也便可漸漸確定，成為文學的正體了。但是單有詩篇的唱奏，我想還不夠的；我們得有些白話的歌劇，好好地寫下來，好好地演起來，那是更有力的影響，也容易普及些——或竟能很快地普及於一般民眾，也未可知。說起白話的歌劇，我們極容易想起《葡萄仙子》；它已有了很大的勢力，在小學校裡和一部分知識階級的觀眾裡。我慚愧還沒有讀過這個劇本；但在北平曾一見它的上演，覺得確是很好。不過一個歌劇，絕不能撐持我們的局面；況且《葡萄仙子》是兒童的歌劇，我們還得有我們自己的。這種歌劇的成功是可能的，《葡萄仙子》可以作證。

以上說的新詩的音樂化，實在是西洋音樂化（作曲的雖是中國人，但用的是西洋法子）。這是就實際情形立論；本來新詩大部分是西洋的影響，西洋音樂化，於它是很自然的。至於皮黃，本身雖不能成為新體詩，它的音樂，還有大鼓書的音樂（據我所知，大鼓書似有兩種唱法，——其細微的派別我可不管，也說不出——像白雲鵬，雖然是唱，實在可說是念白，與別人的不同。我上文論讀詩可利用大鼓調，便是指此，寫到這裡，我想大鼓書的文句似比皮黃繁複，它的本身也許可以變成新體詩，與現在的新詩同去填文學史上那股空白，固不僅音調可供我們的利用而已），是不是可以用來唱新詩或新的白話歌劇，我還不能說；我希望有人試一試——若有成績，就讓這皮黃音樂化或大鼓書音樂化，與那西洋音樂化並行不悖，也是很好的。

哪裡走

吳萍郢火栗四君

近年來為家人的衣食，為自己的職務，日日地忙著，沒有坐下閒想的工夫；心裡似乎什麼都有，又似乎什麼都沒有。萍見面時，常嘆息於我的沉靜；他斷定這是退步。是的，我有兩三年不大能看新書了，現在的思想界，我竟大大地隔膜了；就如無源的水一樣，教它如何能夠滔滔地長流呢？幸而我還不斷地看報，又住在北京，究竟不至於成為與世隔絕的人。況且魯迅先生說得好：「中國現在是一個進向大時代的時代。」無論你是怎樣的小人物，這時代如閃電般，或如遊絲般，總不時地讓你瞥著一下。它有這樣大的力量，絕不從它巨靈般的手掌中放掉一個人；你不能不或多或少感著它的威脅。大約因為我現在住著的北京，離開時代的火焰或漩渦還遠的緣故吧，我還不能說清這威脅是怎樣；但心上常覺有一點除不去的陰影，這卻是真的。我是要找一條自己好走的路；只

哪裡走

想找著「自己」好走的路罷了。但哪裡走呢？或者，哪裡走呢！我所徬徨的便是這個。說「哪裡走？」是還有路可走；只須選定一條便好。但這也並不容易，和舊來所謂立志不同。立志究竟重在將來，高遠些，空泛些，是無妨的。現在我說選路，卻是選定了就要舉步的。在這時代，將來只是「浪漫」，與過去只是「腐化」一樣。它教訓我們，靠得住的只是現在，內容豐富的只是現在，值得拚命的只是現在；現在是力，是權威，如鋼鐵一般。但像我這樣一個人，現在果然有路可走麼？果然有選路的自由與從容麼？我有時懷疑這個「有」，於是乎悚然了：哪裡走呢！舊小說裡寫勇將，寫俠義，當追逼或圍困著他們的對手時，往往斷喝一聲道，「往哪裡走！」這是說，沒有你走的路，不必走了；快快投降，遭擒或受死吧。投降等也可以說是路，不過不是對手所欲選擇的罷了。我有時正感著這種被迫逼，被圍困的心情；雖沒有身臨其境的慌張，但覺得心上的陰影越來越大，頗有些惘惘然。

三個印象

我知道這種心情的起原。春間北來過上海時，便已下了種子；以後逐漸發育，直至今日，正如成蔭的大樹，根株蟠結，不易除去。那時上海還沒有革命呢；我不過遇著一個電車工人罷工的日子。我從寶山路口向天后宮橋走，街沿上擠擠挨挨滿是人；這在平常是沒有的。我立刻覺著異樣；雖然是晴天，卻像是過著梅雨季節一般。後來又坐著人力車，由二洋涇橋到海寧路，經過許多熱鬧的街市。如密雲似的，如波浪似的，如火焰似的，到處擾擾攘攘的行人；人力車得委婉曲折地穿過人叢，拉車的與坐車的，不由你不耐著性兒。我坐在車上，自然不要自己掙扎，但看了人群來來往往，前前後後，進進退退地移動著，不禁也暗暗地代他們出著力。這頗像美國式足球戰時，許多壯碩的人壓在一個人身上，成了肉堆似的；我感著窒息一般的緊張了。就是那天晚上，我遇著郢。我說上海到底和北京不同；從一方面說，似乎有味得多——上海是現代。郢點點頭。但在上海的人，那時怕已是見慣了吧；讓諦知道，又該說我「少見多怪」了。

第二天是我動身的日子，火來送我。我們在四馬路上走著，從上海談到文學。火是個深思的人。他說給我將著手的一篇批評論文的大意。他將現在的文學，大別為四派。一是反語或冷嘲；二是鄉村生活的描寫；三是性慾的描寫；四是所謂社會文學，如記一個人力車伕挨巡捕打，而加以同情之類。他以為這四種都是 Petty Bourgeoisie 的文學。一是說說閒話。二是寫人的愚痴；自己在圈子外冷眼看著。四雖意在為 Proletariat

說話，但自己的階級意識仍脫不去；只算「發政施仁」的一種變相，只算一種廉價的同情而已。三所寫的頹廢的心情，仍以 Bourgeoisie 的物質文明為背景，也是 Petty Bourgeoisie 的產物。這四派中，除第三外，都除外自己說話。火不贊成我們的文學除外自己說話；他以為最親切的還是說我們自己的話。至於所謂社會文學，他以為竟毫無意義可言。他說，Bourgeoisie 的滅亡是時間問題，Petty Bourgeoisie 不用說是要隨之而去的。一面 Proletariat 已漸萌芽蠢動了；我們還要用那養尊處優，豐衣足食（自然是比較的說法）之餘的幾滴眼淚，去代他們申訴一些浮面的，似是而非的疾苦，他們的不屑一顧，是當然。而我們自己已在向滅亡的途中，這種不干己的呼籲，也用它不著。所以還是說自己的話好。他說，我們要盡量表現或暴露自己的各方面；為圖一個新世界早日實現，我們這樣促進自己的滅亡，也未嘗沒有意義的。「促進自己的滅亡」，這句話使我竦然；但轉唸到這也是無可奈何的事的時候，我又爽然自失。與火相別一年，不知如何，他還未將這篇文寫出；我卻時時咀嚼他那末一句話。

到京後的一個晚上，粟君突然來訪。那是一個很好的月夜，我們沿著水塘邊一條幽僻的小路，往復地走了不知幾趟。我們緩緩地走著，快快地談著。他是勸我入黨來的。他說像我這樣的人，應該加入他們一夥兒工作。工作的範圍並不固定；政治，軍事固然是的，學術，文學，藝術，也未嘗不是的——盡可隨其性之所近，努力做去。他末了說，將來怕離開了黨，就不能有生活的發展；就是職業，怕也不容易找著的。他的話是很懇切。當時我告訴他我的躊躇，我的性格與時代的矛盾；我說要和幾個熟朋友商量商量。後來萍說可以不必；郢來信說現在這時代，確是教人徘徊的；火的信也說將來必須如此時再說吧。我於是只好告訴栗君，我想還是暫時超然的好。這超然究竟能到何時，我毫無把握。若能長此超然，在我倒是佳事。但是，若不能呢？我因此又迷糊著了。

時代與我

這時代是一個新時代。時代的界線，本是很難畫出的；但我有理由，從十年前起算這時代。在我的眼裡，這十年中，我們有著三個步驟：從自我的解放到國家的解放，從國家的解放到 Class Struggle；從另一面看，也可以說是從思想的革命到政治的革命，從政治的革命到經濟的革命。我說三個步驟，是說它們先後相承的次序，並不指因果關係而言；論到因果關係，是沒有這麼簡單的。實在，第二、第三兩個步驟，只包括近一年來的時間；說以前九年都是醞釀的時期，或是過渡的時期，也未嘗不可。在這三個步驟裡，我們看出顯然不同的兩種精神。在第一步驟裡，我們要的是解放，有的是自由，做的是學理的研究；在第二、第三步驟裡，我們要的是革命，有的是專制的黨，做的是軍事行動及黨綱，主義的宣傳。這兩種精神的差異，也許就是理想與實際的差異。

在解放的時期，我們所發見的是個人價值。我們詛咒家庭，詛咒社會，要將個人抬在一切的上面，作宇宙的中心。我們說，個人是一切評價的標準；認清了這標準，我們要重新說不定一切傳統的價值。這時是文學，哲學全盛的日子。雖也有所謂平民思想，但只是偶然的憐憫，適成其為慈善主義而已。社會科學雖也被重視，而與文學，哲學相比，卻遠不能及。這大約是經濟狀況劇變的緣故吧，三四年來，社會科學的書籍，特別是關於社會革命的，銷場漸漸地增廣了，文學，哲學反倒被壓下去了；直到革命爆發為止。在這革命的時期，一切的價值都歸於實際的行動；軍士們的槍，宣傳部的筆和舌，做了兩個急先鋒。只要一些大同小異的傳單，小冊子，便已足用；社會革命的書籍亦已無須，更不用提什麼文學，哲學了。這時期「一切權力屬於黨」。在理論上，不獨政治，軍事是黨所該管；你一切的生活，也都該黨化。黨的律是鐵律，除遵守與服從外，不能說半個「不」字，個人——自我——是渺小的；在黨的範圍內發展，是認可的，在黨的範圍外，便是所謂「浪漫」了。這足以妨礙工作，為黨所不能容忍。幾年前，「浪漫」是一個好名字，現在它的意義卻只剩了諷刺與詛咒。「浪漫」是讓自己蓬蓬勃勃的情感盡量發泄，這樣擴大了自己。但現在要的是工作，蓬蓬勃勃的情感是無訓練的，不能發生實際效用；現在是緊急的時期，用不著這種不緊急的東西。持續的，強韌的，有組織的工作，在理知的權威領導之下，向前進行：這是今日的教義。黨便是這種理知的權威之具體化。黨所要求於個人的是犧牲，是無條件的犧牲。一個人得按著黨的方式而生活，想自出心裁，是不行的。

現在革命的進行雖是混亂，有時甚至失掉革命的意義；但在暗中 Class Struggle 似乎是很激烈的。只要我們承認事實，無論你贊成與否，這 Struggle 是不斷地在那邊進行著的。來的終於要來，無論怎樣詛咒，壓迫，都不中用。這是一個世界波浪。固然，我絲毫不敢說這 Struggle，便是就中國而言，何時結束，怎樣結束；至於全世界，我更無從懸揣了。但這也許是杞憂吧？我總預想著我們階級的滅亡，如火所說。這滅亡的到來，也許是我所不及見，但昔日的我們的繁榮，漸漸往衰頹的路上走，總可以眼睜睜看著的。這衰頹不能盼望在平和的假裝下度了過去；既說 Struggle，到了短兵相接的時候，說不得要露出猙獰的面目，毒辣的手段來的。槍與炸彈和血與肉打成一片的時候，總之是要來的。近來廣州的事變，殺了那麼些人，燒了那麼些家屋，也許是大恐怖的開始吧！

自然，我們說，這種破壞是殘忍的，只是殘忍的而已！我們說，那一些人都是暴徒，他們毀掉了我們最好的東西——文化！「我們詛咒他們！」「我們要復仇！」但這是我們的話，用我們的標準來評定的價值；而我們的標準建築在我們的階級意識上，是不用說的。他們是，在企圖著打倒這階級的全部，倘何有於區區評價的標準？我們的詛咒與怨毒，只是「我們的」詛咒與怨毒，他們是毫無認識的必要的。他們可以說，這是創造一個新世界的必要的歷程！他們有他們評價的標準，他們的階級意識反映在裡邊，也自有其理論上的完成。我們只是詛咒，怨毒，都不相干；要看總Struggle如何，才有分曉。不幸我覺得我們Struggle的力量，似已微弱；各方面自由的，自私的發展，失了集中的陣勢。他們卻是初出柙的猛虎，一切不顧忌地拚命上前肉搏；真專制的紀律將他們凝結成鐵一般的力量。現在雖還沒有充足的經驗，屢次敗退下去；但在這樣社會制度與情形之下，他們的人是只有一天天激增起來，勢力愈積愈厚；暫時的挫折與犧牲，他們是未必在意的。而我們的基礎，我雖然不願意說，勢所必至，會漸漸空虛起來；正如一座老建築，雖然時常修葺，到底年代多了，終有被風雨打得坍倒的一日！那時我們的文化怎樣？該大大地變形了吧？我們自然覺得可惜；這是多麼空虛和野蠻呀！但事實不一定是空虛和野蠻，他們將正欣幸著老朽的打倒呢！正如歷史上許多文化現已不存在，我們卻看作當然一般，他們也將這樣看我們吧？這便是所謂「後之視今，猶今之視昔！」我們看君政的消滅，當作快事，他們看民治的消滅，也當一樣當作快事吧？那時我們滅亡，正如君主滅恨一般，在自然的眼裡，正是一件稀鬆大平常的事而已。

我們的階級，如我所預想的，是在向著滅亡走；但我為什麼必得跟著？為什麼不革自己的命，而甘於作時代的落伍者？我為這件事想過不止一次。我解剖自己，看清我是一個不配革命的人！這小半由於我的性格，大半由於我的素養；總之，可以說是運命規定的吧。——自然，運命這個名詞，革命者是不肯說的。在性格上，我是一個因循的人，永遠只能跟著而不能領著；我又是沒有定見的人，只是東鱗西爪地漁獵一點兒；我是這樣地愛變化，甚至說是學時髦，也可以的。這種性格使我在許多情形裡感著矛盾；我之所以已到中年而百無一成者，以此。一面我雖不是生在什麼富貴人家，也不是生在什麼詩禮人家，從來沒有闊過是真的；但我總不能不說是生在 Petty Bourgeoisie 裡。我不是個突出的人，我不能超乎時代。我在 Petty Bourgeoisie 裡活了三十年，我的情調，嗜好，思想，論理，與行為的方式，在在都是 Petty Bourgeoisie 的；我徹頭徹尾，淪肌浹髓是 Petty Bourgeoisie 的。離開了 Petty Bourgeoisie，我沒有血與肉。我也知道有些年歲比我大的人，本來也在 Petty Bourgeoisie 裡的，竟一變到 Proletariat 去了。但我想這許是天才，而我不是的；這許是投機，而我也不能的。在歧路之前，我只有徬徨罷了。

我並非迷信著 Petty Bourgeoisie，只是不由你有些捨不下似的，而且事實上也不能捨下。我是生長在都市裡的，沒有扶過犁，拿過鋤頭，沒有曝過毒日，淋過暴雨。我也沒有鋸過木頭，打過鐵；至於運轉機器，我也毫無訓練與忍耐。我不能預想這些工作的趣味；即使它們有一種我現在還不知道的趣味，我的體力也太不成，終於是無緣的。況且妻子兒女一大家，都指著我活，也不忍丟下了走自己的路。所以我想換一個生活，是不可能的，就是，想軋入Proletariat，是不可能的。從一面看，可以說我大半是不能，小半還是不為；但也可以說，因了不能，才不為的。沒有新生活，怎能有新的力去破壞，去創造？所以新時代的急先鋒，斷斷沒有我的份兒！但是我要活，我不能沒有一個依據；於是回過頭來，只好「敝帚自珍」。自然，因果的輪子若急轉直下，新局面忽然的來，我或者被驅迫著去做那些不能做的工作，也未可知。那時怎樣？我想會累死的！若反抗著不做，許就會餓死的。但那時一個階級已在滅亡，一個人又何足輕重？我也大可不必蠍蠍螫螫地去顧慮了罷。

Proletariat在革命的進行中，容許所謂Petty Bourgeoisie同行者；這是我也有資格參加的。但我又是個十二分自私的人；老實說，我對於自己以外的人，竟是不大有興味顧慮的。便是妻子，兒女，也大半因了「生米已成熟飯」，才不得不用了廉價的同情，來維持著彼此的關係的。對於Proletariat，我所能有的，至多也不過這種廉價的同情罷了，於他們絲毫不能有所幫助。火說得好：同情是非革命；嚴格論之，非革命簡直可以說與反革命同科！至於比同情進一步，去參加一些輕而易舉的行動，在我卻頗為難。一個連妻子，兒女都無心照料的人，哪能有閒情，餘力去顧到別的在他覺著不相干的人呢？況且同行者也只是搖旗吶喊，領著的另有其人。他們只是跟著，遠遠地跟著；一面自己的階級性還保留著。這結果仍然不免隨著全階級的滅亡而滅亡，不過可以晚一些罷了。而我懶惰地躲在自己的階級裡，以懶惰的同情自足，至多也只是滅亡。以自私的我看來，同一滅亡，我也就不必拗著自己的性兒去同行什麼了。但為了自己的階級，挺身與Proletariat去Struggle的事，自然也絕不會有的。我若可以說是反革命，那是在消極的意義上。我是走著衰弱向滅亡的路；即使及身不至滅亡，我也是個落伍者。隨你怎樣批評，我就是這樣的人。

我們的路

活在這時代的中國裡的，總該比四萬萬還多——Bourgeoisie與Petty Bourgeoisie的人數，總該也不少。他們這些人怎麼活著？他們走的是哪些路呢？我想那些不自覺的，暫時還在跟著老路走。他們或是迷信著老路，如遺老、紳士等；或是還沒有發現新路，只盲目地照傳統做著，如窮鄉僻壤的農工等——時代的波浪還沒有猛烈地向他們衝去，他們是不會意識著什麼新的需要的。但遺老，紳士等的日子不多，而時代的洪流終於要泛濫到淹沒了地上每一個細孔；所以這兩種在我看都只是暫時的。我現在所要提出的，卻是除此以外的人；這些人大半是住在都市裡的。他們的第一種生活是政治，革命的或反革命的。這相反的兩面實以階級為背景，我想不用諱言。以現在的形勢論：一方面雖還只在零碎Struggle，卻有一個整齊戰線；另一方面呢，雖說是總動員，卻是分裂了旗幟各自拿著一塊走，多少仍帶著封建的精神的。他們戰線的散漫參差，已漸漸顯現出來了。暫時的成敗，我固然不敢說；但最後的運命，似乎是已經決定了的，如上文所論。

我所要申述的，是這些人的另一種生活——文化。這文化不用說是都市的。說到現在中國的都市，我覺得最熱鬧的，最重要的，是廣州、漢口、上海、北京四處，南京雖是新都，卻是直到現在，似乎還單調得很；上海實在比南京重要得多，即以政治論，也是如此，看幾月來的南方政局可知。若容我粗枝大葉地區分，我想說廣州，漢口是這時代的政治都市；上海，北京雖也是政治都市，但同時卻代表著這時代的文化，便與廣州，漢口不同。它們是這時代的兩個文化中心。我不想論政治，故也不想論廣州、漢口；況且我也不熟悉這兩個都市，遺跡都還不曾一到呢。北京是我兩年來住居的地方，見聞自然較近些。上海的新氣象，我雖還沒有看見，但從報紙，雜誌上，從南來的友人的口中，也零零碎碎知道了一點兒。我便想就這兩處，指出我說的那些人在走著那些路。我並不是板起臉來裁判，只申述自己的感想而已；所知的雖然簡陋，或者也還不妨的。

在舊時代正在崩壞，新局面尚未到來的時候，衰頹與騷動使得大家惶惶然。革命者是無意或有意造成這惶惶然的人，自然是例外。只有參加革命或反革命，才能解決這惶惶然。不能或不願參加這種實際行動時，便只有暫時逃避的一法。這是要了平和的假裝，遮掩住那惶惶然，使自己麻醉著忘記了去。享樂是最有效的麻醉劑；學術，文學，藝術，也是足以消滅精力的場所。所以那些沒法奈何的人，我想都將向這三條路裡躲了進去。這樣，對於實際政治，便好落得個不聞理亂。雖然這只是暫時的，到了究竟，理亂總有使你不能不聞的一天；但總結帳的日子既還沒有到來，徒然地惶惶然，白白地耽擱著，又算什麼呢？樂得暫時忘記，做些自己愛做的事業；就是將來輪著滅亡，也總算有過稱心的日子，不白活了一生。這種情形是歷史的事實；我想我們現在多少是在給這件歷史的事實，提供一個新例子。不過我得指出，學術、文學、藝術，在一個興盛的時代，也有長足的發展的，那是個順勢，不足為奇；在現在這樣一個衰頹或交替的時代，我們卻有這樣畸形的發展，是值得想一想的。

上海本是享樂的地方；所謂「十里洋場」，常為人所豔稱。它因商業繁盛，成了資本集中的所在，可以說是 Bourgeoisie 的中國本部；一面因國際交通的關係，輸入西方的物質文明也最多。所以享樂的要求比別處都迫切，而享樂的方法也日新月異。這是向來的情形。可是在這號為兵連禍結，民窮財盡的今日，上海又如何？據我所知，革命似乎還不曾革掉了什麼；只有踵事增華，較前更甚罷了。如大華飯店和雲裳公司等處的生涯鼎盛，可見 Bourgeoisie 與 Petty Bourgeoisie 的瘋狂；賄，假使我所聞的不錯，雲裳公司還是由幾個 Petty Bourgeoisie 的名士主持著，在這回革命後才開起來的。他們似乎在提供著這種享樂的風氣。假使衣食住可以說是文化的一部分，大華飯店與雲裳公司等，足可代表上海文化的一面。你說這是美化的人生。但懂得這道理的，能有幾人？還不是及時行樂，得過且過的多！況且如此的美化人生，是不是帶著階級味？然而無論如何，在最近的將來，這種情形怕只有蒸蒸日上的。我想，這也許是我們的時代的迴光反照吧？北京沒有上海的經濟環境，自然也沒有它的繁華。但近年來南化與歐化——南化其實就是上海化，上海化又多半是歐化；總之，可說是Bourgeoisie化——一天比一天流行。雖還只跟著上海走，究竟也跟著了；將來的運命在，這一點上，怕與上海多少相同。

但上海的文化，還有另外重要的一面，那是文學。新文學的作家，有許多住在上海；重要的文學集團，也多在上海——現在更如此。近年又開了幾家書店，北新、開明、光華、新月等——出的文學書真不少，可稱一時之盛。北京呢，算是新文學的策源地，作家原也很多；兩三年來，有現代評論，語絲，可作重要的代表。而北新總局本在北京；它又介紹了不少的新作家。所以頗有興旺之象。不料去年現代評論，語絲先後南遷，北新被封閉，作家們也紛紛南下觀光，一時頓覺寂寞起來。現在只剩未名，古城等幾種刊物及古城書店，暫時支撐這個場面。我想，北京這樣一個「古城」，這樣一個大都會，在這樣的時代，斷不會長遠寂寞下去的。

哪裡走

新文學的誕生，引起了思想的革命；這是近十年來這新時代的起頭——所以特別有著廣大長遠的勢力。直到兩三年前，社會革命的火焰漸漸燃燒起來，一般青年都預想著革命的趣味；這時候所有的是忙碌和緊張，欣賞的閒情，只好暫時擱起。他們要的是實行的參考書；社會革命的書籍的流行，一時超過了文學；直到這時候，文學的風起雲湧的聲勢，才被蓋了下去。記得前年夏天在上海，《我們的六月》剛在亞東出版。郢有一天問我銷得如何？他接著說，現在怕沒有多少人要看這種東西了吧？這可見當時風氣的一斑了。但是很奇怪，在革命後的這一年間，文學卻不但沒有更加衰落下去，反像有了復興的樣子。只看一看北新、開明等幾書店新出版的書籍目錄，你就知道我的話不是無稽之談。更奇怪的，社會革命燒起了火焰以後，文學因為是非革命的，是不急之務，所以被擱置著；但一面便有人提供革命文學。革命文學的呼聲一天比一天高，同著熱情與切望。直到現在，算已是革命的時代，這種文學在理在勢，都該出現了；而我們何以還沒有看見呢？我的見聞淺陋，是不用說的；但有熟悉近年文壇的朋友與我說起，也以千呼萬喚的革命文學還不出來為奇。一面文學的復興卻已成了事實；這復興後的文學又如何呢？據說還是跟著從前 Petty Bourgeoisie 的系統，一貫地發展著的。直到最近，才有了描寫，分析這時代革命生活的小說；但似乎也只能算是所謂同行者的情調罷了。真正的革命文學是，還沒有一些影兒，不，還沒有一些信兒呢！

這自然也有辯解。真正革命的階級是只知道革命的：他們的眼，見的是革命，他們的手，做的是革命；他們忙碌著，緊張著，革命是他們的全世界。文學在現在的他們，還只是不相干的東西。再則，他們將來雖勢所必至地需要一種文學——許是一種宣傳的文學，但現在的他們的趣味還浮淺得很，他們的喉舌也還笨拙得很，他們是不能創作出什麼來的。因此，在這上面暫時留下了一段空白。而 Petty Bourgeoisie，在革命的前夜，原有很多人甘心丟了他們的學術，文學，藝術，想去一試身手的；但到了革命開始以後，真正去的是那些有充足的力量，有濃厚的興趣的。此外的大概觀望一些時，感到自己的缺乏，便廢然而返了。他們的精神既無所依據，自然只有回到學術、文學、藝術的老路上去，以避免那惶惶然的襲來。所以文學的復興，也是一種當然。一面革命的書籍似乎已不如前幾年的流行；這大約因為革命的已去革命，不革命的也已不革命了的緣故吧。因而文學書的需要的增加，也正是意中事。但時代潮流所激盪，加以文壇上革命文學的絕叫，描寫革命氣氛的作品，現在雖然才有端倪，此後總該漸漸地多起來的吧。至於真正的革命文學，怕不到革命成功時，不會成為風氣。在相反的方向，因期待過切，忍耐過久而失望，絕望，因而詛咒革命的文學，我想也不免會有的，雖然不至於太多。總之，無論怎樣發展，這時代的文學裡以惶惶然的心情做骨子的，Petty Bourgeoisie 的氣氛，是將愈過愈顯然的。

胡適之先生真是個開風氣的人；他提倡了新文學，又提倡新國學。陳西瀅先生在他的《閒話》裡，深以他正向前走著，忽又走了回去為可惜。但我以為這不過是思想解放的兩面，都是疑古與貴我的精神的表現。國學成為一個新運動，是在文學後一兩年。但這原是我們這爿老店裡最富裕的貨色，而且一向就有許多人捧著；現在雖加入些西法，但國學到底是國法，所以極合一般人的脾胃。我說「一般人」，因為從前的國學還只是一部分人的專業，這一來卻成為普遍的風氣，青年們也紛紛加入，算是時髦的東西了。這一層胡先生後來似頗不以為然。他前年在北大研究所國學門懇親會的席上，曾說研究國學，只是要知道「此路不通」，並不是要找出新路；而一般青年丟了要緊的工夫不做，都來擁擠在這條死路上，真是很可惜的。但直到現在，我們知道，研究學術原不必計較什麼死活的；所以胡先生雖是不以為然，風氣還是一直推移下去。這種新國學運動的方向，我想可以胡先生的「歷史癖與考據癖」一語括之。不過現在這種「歷史癖與考據癖」要用在一切國故上，絕不容許前人尊經重史的偏見。顧頡剛先生在北京大學研究所國學門週刊的〈一九二六始刊詞〉裡，說這個意思最是明白。這是一個大解放，大擴展。參加者之多，這怕也是一個重要原因。這運動盛於北京，但在上海也有不小的勢力。它雖然比新文學運動起來得晚些，而因了固有的優勢與新增的範圍，不久也就趕上前去，駸駸乎與後者並駕齊驅了。新文學銷沉的時候，它也以相同的理由銷沉著，但現在似乎又同樣地復興起來了——看年來新出版的書目，也就可以知道的。國學比文學更遠於現實；擔心著政治風的襲來的，這是個更安全的逃避所。所以我猜，此後的參加者或者還要多起來的。

此外還有一件比較小的事，這兩年住在北京的人，不論留心與否，總該覺著的。這就是繪畫展覽會，特別是國畫展覽會。你只要常看報，或常走過中山公園，就會一次兩次地看見這種展覽會的記載或廣告的。由一而再，再而三的展覽，我推想高興去看的人大約很多。而國畫的售值不斷地增高，也是另一面的證據。上海雖不及北京熱鬧，但似乎也常有這種展覽會，不過不偏重國畫罷了。最近我知道，就有陶元慶先生、劉海粟先生兩個展覽會，可以作例。藝術與文學，可以說同是象牙塔中的貨色；而藝術對於政治，經濟的影響，是更為間接些，因之，更為安靜些。所以這條路將來也不會冷落的。但是藝術中的繪畫何以獨盛？國畫又何以比洋畫盛？我想，國畫與國學一樣，在社會裡是有根柢的，是合於一般人脾胃的。可是洋畫經多年的提倡與傳習，現在也漸能引起人的注意。所以這回「海粟畫展」，竟有人買他的洋畫去收藏的。(見北京《晨報．星期畫報》)至於同是藝術的音樂，戲劇，則因人才，設備都欠缺，故無甚進展可言。國樂，國劇雖有多大的勢力，但當作藝術而加以研究的，直到現在，也還極少。這或者等待著比較的研究，也未可知。

這是我所知的，上海，北京的Bourgeoisie與Petty Bourgeoisie裡的非革命者——特別是這種人——現在所走的路。自然、科學、藝術的範圍極廣，將來的路也許會多起來。不過在這樣擾攘的時代，那些在我們社會裡根柢較淺，又需要浩大的設備的，如自然科學，戲劇等，怕暫時總還難成為風氣吧？——我說的雖是上海，北京，但相信可以代表這時代精神的一面——文化。我們若可以說廣州，漢口是偏在革命的一面，上海，北京便偏在非革命的一面了。這種大都市的生活樣式，正如高屋建瓴水，它的影響會迅速地伸張到各處。你若承認從前京式的靴鞋，現在上海式裝束的勢力，你就明白現在上海，北京的風氣，將會並且已經怎樣瀰漫到別的地方了。

在這三條路裡，我將選擇哪一條呢？我慚愧自己是個「愛博而情不專」的人；雖老想著只選定一條路，卻總丟不下別的。我從前本是學哲學的，而同時捨不下文學。後來因為自己的科學根柢太差，索性丟開了哲學，走向文學方面來。但是文學的範圍又怎樣大！我是一直隨隨便便，零零碎碎地讀些，寫些，不曾認真做過什麼工夫。結果是只有一點兒——一點兒都沒有！駁雜與因循是我的大敵人。現在年齡是加長了，又遇著這樣「動搖」的時代，我既不能參加革命或反革命，總得找一個依據，才可姑作安心地過日子。我是想找一件事，鑽了進去，消磨了這一生。我終於在國學裡找著了一個題目，開始像小兒的學步。這正是望「死路」上走；但我樂意這麼走，也就沒有法子。不過我又是個樂意弄弄筆頭的人；雖是當此危局，還不能認真地嚴格地專走一條路——我還得要寫些，寫些我自己的階級，我自己的過，現，未三時代。一勁兒悶著，我是活不了的。胡適之先生在〈我的歧路〉裡說：「哲學是我的職業，文學是我的娛樂」；我想套著他的調子說：「國學是我的職業，文學是我的娛樂。」這便是現在我走著的路。至於究竟能夠走到何處，是全然不知道，全然沒有把握的。我的才力短，那不過走得近些罷了；但革命期的破壞若積極進行，報紙所載的遠方可怕的事實，若由運命的指揮，漸漸地逼到我住的所在，那麼，我的身家性命還不知是誰的，還說什麼路不路！即使身家性命保全了，而因生計窘迫的關係，也許讓你不得不把全部的精力專用在衣食住上，那卻是真的「死路」。實在也說不上什麼路不路！此外，革命若出乎意表地迅速地成了功，我們全階級的沒落就將開始，那是更用不著說什麼路的！但這一層究竟還是「出乎意表」的事，暫可不論；以上兩層卻並不是渺茫不可把捉的，浪漫的將來，是從現在的事實看，說來就「來了」的。所以我雖定下了自己好走的路，卻依舊要慮到「哪裡走？」「哪裡走！」兩個問題上去！我也知道這種憂慮沒有一點用，但禁不住它時時地襲來；只要有些餘暇，它就來盤據心頭，揮也揮不去。若許我用一個過了時的名字，這大約就是所謂「煩悶」吧。不過前幾年的煩悶是理想的，浪漫的，多少可以溫馨著的；這時代的是，加以我的年齡，更為實際的，糾紛的。我說過陰影，這也就是我的陰影。我想，便是這個，也該是向著滅亡走的我們的運命吧？

近來的幾篇小說

近來在《小說月報》裡讀了幾篇小說，覺得是一種新傾向，想來說幾句話。

一 茅盾先生的〈幻滅〉（《月報》18卷9、10號）

《月報》八號最後一頁裡說：

「下期的創作有茅盾君的中篇小說〈幻滅〉，主角是一個神經質的女子，她在現在這不尋常的時代裡，要求個安身立命之所，因留下種種可以感動的痕跡。」

這便是本篇的大旨。作者雖說以那「神經質的女子」為主角，但用意實在描寫，分析「現在這不尋常的時代」；所謂「主角」，只是一個暗示的線索吧了。我們以這種眼光來讀這篇小說，那頭緒的紛繁，人物的複雜，便都有了辯解。我們與其說是一個女子生活的片段，不如說這是一個時代生活的縮影。

這篇小說裡的人物實在很多：有「神經質的女子」，有「剛毅」、「狷傲」、「玩弄男性」的女子，有「一口上海白」、「渾名包打聽」的女子；有「受著什麼『帥坐』津貼的暗探」，有「把世間一切事都作為小說看的理性人」，有「忠實的政治的看熱鬧者」，有「為了自己享樂才上戰場去的少年軍官」。這些是多麼熱鬧的節目！你讀這篇小說，就像看一幕幕的戲。從前人說描寫要生動，須有戲劇性。所謂戲劇性，原不包括人物多而言；但本篇所寫人物雖多，卻大都有鮮明的個性，活潑的生氣，所以我們讀了，才能像看戲一般——這便是戲劇性了。至於本篇所寫的地方，是上海、武漢、牯嶺三處。上海、武漢，是這時代生活的中心，在這兩處才有那些人物；做了本篇的背景，是當然的。牯嶺卻是個如在「世外」的地方。作者在篇末將那「神經質的女子」和那以打仗為享樂的少年軍官，一對圓滿的夫婦，送到那「太高」的地方去；這樣似有意，似無意地將動和靜的兩極端對比著，真是一件有趣的事；是的，至少是一件有趣的事，若我們不願倉卒地斷定作者另有深意存於其間。

我以為在描寫與分析上，作者是成功的。他的人物，大半都有分明的輪廓。我對於這篇小說，只讀過一遍，翻過一遍，但幾個重要人物的性格，我都已熟悉；若你來考問我，我相信自己是不會錯了答案的。他們像都已成了我每天見面，每天談話的人。這是由於作者「選擇」的工夫，我想。他有時用了極詳盡的心理描寫來暗示一個人的歷史，這樣寫出他的為人，如第四節裡寫慧女士，便是如此。這還不算很好，也不算很難。但他有時用了極簡單的一句話，也能活畫出一個人。在第四節裡，他寫那「把世間一切事都作為小說看的短小精悍的李克」：

「抱素每次侃侃而談的時候，聽得這個短小的人兒冷冷地說了一句『我又聽完一篇小說的朗誦了』，總是背脊一陣冷；他覺得他的對手簡直是一個鬼，不個日夜的跟蹤自己，偵察著，知道他的一切祕密，一切詭譎。」

一句話寫出了怎樣冷的一個「理性人」！他又用了類似的筆鋒，借了別人的口，暗示著他的嚴肅的諷刺的氣氛。第十節裡寫的那場試，真令人又可笑，又可哀，直是一篇精悍的短劇。同節裡敘慧女士的請客：

「『某夫人用中央票收買夏布，好打算呵！』坐在靜右首的一位對一個短鬚的人說。」

「『這筆貨，也不過囤著瞧罷了』。一個光頭人回答。」

淡淡的兩句話儘夠暗示一個「腐化」的傾向了。從以上兩個例，我們看出作者是個會寫對話的人。

但這篇小說究竟還不能算是盡善盡美的作品，這因它沒有一個統一的結構。分開來看，雖然好的地方多，合起來看卻太覺得散漫無歸了。本來在這樣一個篇幅裡，要安插下這許多人物，這許多頭緒，實在只有讓他們這樣散漫著的；我是說，這樣多的材料，還是寫長篇合適些。作者在各段的描寫裡，頗有選擇的工夫，我已說過；但在全體的結構上，他卻沒有能用這樣選擇的工夫，我們覺得很可惜。他寫這時代，似乎將他所有的材料全搬了來雜亂地運用著；他雖有一個做線索的「主角」，但卻沒有一個真正的「主角」。我們只能從他得些零碎的印象，不能得著一個總印象。我們說得出篇中這個人，那個人是怎樣，但說不出他們一夥兒到底是怎樣。

因此篇中頗有些前後不能一貫的地方：最明顯的是李克這個人。第四節裡既然將他寫成那樣一個玩世派，第十節裡卻又寫得他那樣熱心國事，還力勸靜女士到漢口去。這已是參差了。而靜女士到了漢口，竟不曾看見李克的影子——下文竟不提李克隻字。這不是更奇麼？既如此，第十節裡那番話，又何必讓他來說？還有，結束的地方，我看實在是「不了了之」。說是了，原也可以；但說是不曾了，或者更確當些。這不是一個有機的收場。自然，這與全篇結構是連帶著的；全體鬆懈，這兒便也收束不住。尤其是那「少年軍官」的重行從軍，與其說是一個故事的終局，還不如說是另一個故事的開始。從全篇的情調說，這或者是必要的，「幻滅」之終於是「幻滅」，或就在此。但從文字說，這只是另生枝節；——索性延長些，讓那少年軍官戰死，倒許好些。那才是真的

「幻滅」。我並且覺得那「神經質的女子」和那「少年軍官」暫時的團圓，也可不必的；那樣，「幻滅」的力量，當更充足些。不過作者在這裡或者參加了本人的樂觀與希望，也未可知。這個是我們可以同情的；只就文論文，終覺不安吧了。此外，篇中敘述用的稱呼不一致，也是小疵，如靜女士，時而稱章女士，時而稱靜之類。

據說本篇還是作者的處女作，所給與我們的已是不少；我想以後他會給我們更多的。

二　桂山先生的《夜》（《小說月報》18卷10號）

這是上海的一件黨案；但沒有一個字是直接敘述這件黨案的。

一個晚上，一位老婦人獨自撫慰著哭叫「媽媽呀……媽媽呀……」的她的外孫；一壁等候著阿弟的關於她女兒的訊息。阿弟回來了，說出一個「弟兄」帶著他在黑暗裡到野外去認了他的甥女甥婿的棺木的號數的事。他一面報告，一面想著適才可怕的經驗。自然，這些可怕的經驗，他是不能說給他姊姊的。可是老婦人已經非常激憤了；她是初次聽到凶信，就不時地憤激著的。她並不懂得做教員的、她的女兒女婿的事，只是覺得他們不該「那個」吧了。結局是阿弟拿出他倆託那「弟兄」轉交的一個字條，唸給她聽：

說「無所恨，請善視大男」——他們的孩子，老婦人在抱著的。婦人也看了字條，雖然她不識字。她找著了新路；她「決定勇敢地再擔負一回母親的責任」。這便是她今後的一切。

我所轉述的，只算是沒有肉的骨架；但也可窺見一斑了。我說這真可稱得完美的短篇小說。布局是這樣錯綜，卻又這樣經濟：作者借了老婦人、阿弟、「弟兄」三個人，隱隱綽綽，零零碎碎，只寫出這件故事的一半兒，但我們已經知道了這件故事的首尾，並且知道了那一批，一大批的黨案全部的輪廓；而人情的自然的親疏，我們也可深切地感著。

作者巧妙地用了回想與對話暗示著一切。從老婦人的回想裡，我們覺得「那個」了的她的女兒女婿，真是怎樣可愛的一對，而竟「那個」了，又怎樣地可惜。最使老婦人難堪的，是那孩子的哭，當他叫著「媽媽呀……媽媽呀……」的時候：

「這樣的哭最使老婦人傷心又害怕。傷心的是一聲就如一針，針針灸著自己的心。害怕的是屋牆很單薄，左右鄰舍留心一聽就會起疑念。然而給他醫治卻不容易；一句明知無效的『媽媽就會來的』，戰兢兢地說了再說，只使大男哭得更響一點，而且張大了水汪汪的眼睛四望，看媽從那裡來。」

這一節分析老婦人的心理，甚是細密。混合著傷心與害怕兩重打擊；她既想像著死者的慘狀，又擔心著這一塊肉的運命——至於她自己，我想倒是在她度外了吧——這是令人發抖的日子！所以「媽媽就會來的」一句話，她只有「戰兢兢地」說；在這一句話裡，蘊藏著無限委曲與悲哀。而她怕鄰舍的「疑念」，並教孩子將說熟了的「姓張」改為「姓孫」的「新功課」，顯示著一種深廣的恐怖的氣氛；似乎這種氣氛並非屬於老婦人一個，而是屬於同時同地一般社會的。這就暗示著那一大批的事件的全部輪廓了。篇中所敘老婦人的回想，大都是這種精密的分析；所舉一節只是一個顯著的例子。

老婦人與阿弟的對話，阿弟的回想，卻都是藉以敘事的。阿弟的心理並不繁複，無所用其描寫；而老婦人與阿弟的對話，照情節自然的轉變，也只要敘述事實，更來不及說別的。所以在這裡追敘一切，並不覺突兀或擁擠；與前文仍是相稱的。至於老婦人那一段很長的憤激的話，就中補敘了女兒女婿的年世；原是一個重要的關鍵，卻閒閒寫來，若無其事一般。這也是作者用筆巧的地方。又在阿弟轉述那「弟兄」的話裡，如：

「完了的人也多得很。」

「況且棺木是不讓去認的。」

「也是暗示著一般的空氣的。」

老婦人整個心，整個生命寄託在女兒女婿身上，只有他們，沒有別的——若有，也只有「就是他們」的他們的孩子。阿弟便不然了：他有「感服」那「弟兄」的餘暇，他有「矜誇的聲調」和「真實的笑」，在一個緊張而悲慘的敘述中，他最後還有一些輕蔑他的甥女甥婿的意思，隱藏在他的心裡。阿弟是一個平常的商人，他也關切甥女甥婿的事，也多少同情於他們的不幸；但甥女甥婿到底是甥女甥婿，他不能像他姊姊將整個心交給他們，所以便有這些閒想頭了。這原是人之恆情，無所謂好壞；只作者能寫出來，可見其用筆之細。同樣，他寫那「弟兄」，又比阿弟冷靜得多。他一半可憐，一半可笑地敘述他們處治一對夫婦的事；一壁還悠然地吸著煙呢。然而這一段描寫，卻也是分析心理的；作者曲折地寫出不怕殺人的人也有怕殺人的時候，那時候他們心裡也有一種為難。這正是人性的一面，值得顯示出來的。下文溼地裡暗夜中認棺木的一段描寫，也很動人，因為森森有鬼氣。

另外，作者穿插的手法，是很老練的；特別是中間各節，那樣的敘述，能夠不凌亂，不畸輕畸重，是不容易的。

三　魯彥先生的〈一個危險的人物〉（《小說月報》18卷10號）

本篇寫一個叫「子平」的浪漫的人物，暑假中回到離開八年的故鄉林家塘去。他和他的鄉人相隔太久了，也太遠了，他的種種毫無顧忌的浪漫行為，他們是不能領略的，而且不能諒解的。他們由猜疑而鄙視，子平終於成了他們間唯一的注意人物了。恰巧子平有兩個在縣黨部裡的朋友來看過他一次，不久便有縣黨部、縣農民協會租穀打七折的「告示」貼到林家塘來；而林家塘的人「原是做生意的人最多」，這種辦法是全村極大的損失。他們覺得這是子平唆使的，因而鄙視之餘，又加以仇恨；子平從此便又成了「一個危險的人物」了。況且「幾百年不曾看見過的」掃帚星恰巧又於這時「出現在林家塘」，這所照的，大家明白，自然是子平無疑了。這時候城裡回來的人說起清黨的事；租穀打七折「是共產黨做的事」；共產黨是「共人家的錢，共人家妻子」的！大家於是一則以喜，一則以懼；「危險人物」是更其覺得「危險」了。於是有些人便去諷示子平的叔叔，林家塘的大紳士「惠明先生」。「惠明先生」晚上叫子平，去問他知道共產黨否？回答是，「書上講得很詳細」。這使「惠明先生」失望、憤怒、恐懼。而子平又是沒有父母、兄弟、姊妹而卻有一份產業的人。於是「惠明先生」當夜邀了幾個地位較高的人密議一番，便差人往縣裡報告，請兵。第二天清早，子平在樹林裡打拳，兵來了；林家塘人說他有手槍。兵便先下手，開槍將他打倒。搜查的結果，「證據是一柄劍！」他抬到縣裡「已不會說話，官長命令……」

我們第一得知道作者並不是在寫一個先驅者與群眾思想衝突的悲劇。子平只是一個浪漫的人物，似乎只是一個個人主義者。沒有絲毫「危險」在他身上。他的「危險」是從林家塘人的幼稚，狹隘，與殘酷裡生出來的。「莫須有」三字送了子平的命；作者所要寫的悲劇當在這一點上。但是這樣寫出的一幕悲劇，究竟給了些什麼呢？在我是覺得奇異的氣氛比嚴肅的氣氛多。老實說，我覺得這樣發展的事情，實際上怕是不會有的。子平這樣的人會有，「惠明先生」等人也會有；但其餘的鄉人，那樣的鄉人，我覺得怕不會有。我們看，魯迅先生所寫的鄉人性格，與魯彥先生所寫的，何其不同呢？在我，前者覺得熟悉，後者覺得生疏，生疏到奇異的程度。因為魯彥先生所寫的鄉人，似乎都是神經過敏的。幼稚，狹隘，與殘酷，我承認，確是鄉人的性格；但寫得過了分，便成了神經過敏。作者描寫子平的性格，是成功的；但他不知不覺又將某種浪漫的氣氛加在林家塘的人身上去，這便不真切了。我想這或者由於他描寫林家塘的人的地方太簡略與平直，因此便覺得有些誇張，誇張多少帶來了滑稽的意味，大足減少悲劇的力量。而

「幾百年不曾見過的」掃帚星之出現，也太嫌傳奇氣，頗有舊小說裡「無巧不成書」之概，這也要減輕事件的重量。至於不知道舞劍，打拳，不知道西服，而卻知道手槍，也是小小的矛盾——雖然關於舞劍、打拳的林家塘人見解，可用恐懼的心情（神經過敏）來解釋，但究竟是勉強的。

至於用筆一面，作者不為不細心。他記出各個鄉人的身分（或職業）；各個鄉人確沒有個別的性格（在這裡原也是不必要的），但與「惠明先生」等一般紳士的不同，是顯然的。此外穿插與聯絡，詳寫與略寫或明寫與暗寫，作者都頗注意。但我覺得這樣平列的寫法，集合許多零碎的印象而成為一個總印象，究嫌單調些，散漫些；雖然其間還有時間的先後做一個線索，但終覺平直。作者似乎也慮到單調一層，所以他的角色有男有女，而職業沒有一個相同，不用說，這樣是表明全林家塘的愚蠢。但人太多了，每個人只能隨便簡略地敘述著。確然每個人情形似乎不同，但稍一留心，便覺有許多實是重複的。這樣以全示全，實不及以偏示全；那樣可以從容，可以多變化，可以深刻些。——篇中寫景諸節，俱能自然地寫出一種清幽的境略，卻是很好的句子。如：

「新的思想隨著他（惠明先生）的菸上來，他有了辦法了。」

「證據是一柄劍。」

都很峭拔。但冗弱的句子卻很多。如結末：

「不復記得曾有一個青年悽慘的倒在那裡流著鮮紅的血。」說得太詳細、太明白，反無餘味了。接著是最後的一語：

「呵，多麼美麗的鄉村？」

意思甚好，句子也嫌板滯些。——本篇的收場、筆調，實在是不甚圓熟的。

從以上三篇小說裡，無論它們的工拙如何，可以看出一種新趨勢。這就是，以這時代的生活為題材，描寫這時代的某幾方面；前乎此似乎是沒有的。這時代是一個「動搖」的時代，是力的發展的時代。在這時代裡，不用說，發現了生活的種種新樣式，同時也發現了種種新毛病。這種新樣式與新毛病，若在文藝裡反映出來，便可讓我們得著一種新了解，新趣味；因而會走向新生活的路上去，也未可知。在另一面，文藝的力量使這些樣式與毛病，簡要的，深刻地印在人心上，對於一般的發展，間接也有益的。我並不想以功利來作文藝批評的標準，但這種自然會發生的副效用，我們也不妨預想著的。這三篇原都不曾觸著這時代的中心，它們寫的只是側面；但在我，已覺得是一種值得注意的新開展了。就中〈幻滅〉一篇，最近於正面的描寫，但只分析了這時代的角色的一兩部分之精神與態度而止，這似乎還覺著不夠的；我們還不能看出全部的進行來。〈夜〉的用意，原只要一面；即便一面，作者寫得很是圓滿。有人說，有些婆婆媽媽氣；這或者不錯。但我們知道，這是過渡的時代，舊時代的氣氛到底難以擺脫；我說這正是時代的一種特色呢。〈一個危險的人物〉雖也涉及時代的事情，但其中實是舊時代的人物──連主角也是──在動作；涉及這時代的地方，只是偶然，只是以之為空的骨架而已。而因描寫的不真切，亦不能給多少影響於人。只因既然涉及了這時代，便也稍加敘述罷了。

悼王善瑾君

我與王善瑾君相處確只一年，但知道他是一個勤苦好學而又具有正確判斷力的人。他現在死了！他的朋友告訴我他的死信的時候，真使我失驚：這樣一個有為的青年，竟這樣草草完了他的一生！生死的道理，真是參不透的麼？

但他的病來得這樣快，只腹痛了兩日，一切便都完了！他死在江蘇阜寧縣城；他家在離城很遠的鄉下。沒有和家人見一面，他便撒了手，阜寧是個偏辟的地方，只有幾個不中用的醫生。他的病，沒有人知道名字；他便這樣糊里糊塗地死了。

他家本可勉強過活；但他一讀書，便不得不負債了。他獨自掙扎著，好容易才得到大學待了一年。他實在不能支持下去了，只得忍了心休學，想做點事，積些錢，過一年再來；他自己和我們，誰會想到他永遠不能再來呢？

但若仍在清華，而不去辦那一身兼編輯、校對、發行的報紙，或許不會有這樣的病吧？就有，也不至於不可救吧？他在清華病過兩三個月，後來似乎好了。這回或是復發的舊病，或是襲來的新病，無論如何，他若不在那樣偏僻的地方，我們的希望總要多些。

他這幾年的日子真不好過。他家因他受累，他不能不時時感到自己的責任；一面還得為自己張羅著。而家鄉的腐敗情形。他也十二分關心。他曾經使得紳士們不安，他們恨他，直到現在。

這種種引導他到死路上去，病或者只是一個最近的原因吧？我說生死的道理是參不透的，但他的生死卻又似乎有些參得透的；所以更覺著可惜了。

他死後，他的朋友們告訴我他的一切；但他並不曾告訴過我什麼，雖然我們是一個中學校裡的先後同學。這見得他是能謹慎能忍耐的人，值得我們想念的。

關於「革命文學」的文獻

去年來，上海有了「文學革命」運動；這似乎是由二月間出版的《創造》月刊（一卷九期）上成仿吾氏〈從文學革命到革命文學〉一文引起來的。從此「沸沸揚揚」（魯迅氏語），影響很快很大——不過只限於上海一處；別處因交通及其他關係，這種運動的勢力還未能伸入。即如北平，所謂「文化的中心」，直到一年後的今日，也還沒有什麼人談到革命文學——青年學生間也沒有。上海的情形可大大不同：去年暑假，有人在四馬路各書店走了一趟，寫信來說，革命文學極一時之盛，看不勝看。最近友人得上海信，說創造社出版各書，郵遞不便，而登門購買者極多；他們不須廣告，生意奇旺。這可見上海一般青年的心理。現在的出版界和文壇，都以上海為中心；上海的情形，比別處發達，也是自然的道理。除革命文學一派外，還有所謂「以趣味為中心」（成仿吾氏語）的「語絲」派，和「創造的理想主義」（見〈新月的態度〉一文）的「新月」派；由革命文學派的攻擊他們（看成仿吾氏〈完成我們的文學革命〉——《洪水》三卷二十五期——及彭康氏〈什麼是健康與尊嚴？〉——《創造》月刊一卷十二號），可知他們是革命文學派的勁敵；而語絲派，受攻擊更甚，可知這一派的勢力也更大些。他們有著四年的歷史（《語絲》於十三年十一月創刊），和在北平、上海兩地的影響，根柢自然深厚些。這可以說是我們文壇的三鼎足；也就是我們文藝界的分野；他們間的鬥爭，便是成仿吾氏所謂「文藝戰」。

本篇只想介紹幾種關於革命文學的理論的書籍和雜誌，依次加以簡單的說明。他們的是非曲直，姑且置之不論；我是還不希望加入這種文藝戰的。

這回革命文學運動的遠源，不用說是蘇俄；成仿吾氏在十六年三月出版的《洪水》（二十八期）上，有《文藝戰的認識》一文，已經提到蘇俄的「藝術政策」，說「他們認定了文藝為第三戰線（外交、經濟是第一、第二戰線）的主力」。而從任國楨氏所譯的《蘇俄的文藝論戰》和魯迅氏轉譯的《蘇俄的文藝政策》（見北新出版的《奔流》一卷一期至五期）裡，我們也可看出革命文學派所受的影響，雖然他們似乎始終未曾正式說明。他們所受蘇俄的影響，並不是直接的，是從日本轉手來的。因為我們沒聽說成仿吾氏等懂得俄文，而日本關於蘇俄文藝的著譯，單就現在翻過來的而論，已經有四五種——《蘇俄的文藝論戰》據「前記」及「小引」裡說，是直接從俄文譯出的——他們的文壇上又正在議論辯駁「無產階級的文藝」的問題。（見郁達夫氏〈公開狀答日本山口君〉——《洪水》三卷三〇期）成氏等從他們獲得革命文學的「意識形態」，也是自然的形勢。不過這麼說時，他們不但受蘇俄的影響，也受日本的影響了。

關於蘇俄的文學，我們有《蘇俄的文藝論戰》（未名社印），托洛茨基的《文學與革命》（同上，韋素園、李霽野譯）——這大約是從英文轉譯的（此書正在再版，我尚未買到，故不能確說）——《蘇俄的文藝政策》（《奔流》所載，尚未譯完。畫室氏也譯此書，將在光華出版），這些是直接的材料。《蘇俄文藝論戰》附錄〈普列漢諾夫（Plekanov）與藝術問題〉一文，說明普氏怎樣用馬克思的X光線照了藝術。這篇文幾占全書之半，所論頗有精到之處，不但能自圓其說。其餘各篇，須與《蘇俄的文藝政策》併看，才有意味。這後一書是日本外村史郎、藏原唯人輯譯，共有三部分：

1．關於對文藝的黨的政策——關於文藝政策的評議會的議事速紀錄。（西元一九二四年五月九日）

2．關於形態戰線和文藝——第一回無產階級作家全聯邦大會的決議。（西元一九二五年一月）

3．關於文藝領域上的黨的政策——俄國共產黨中央委員會的決議。（西元一九二五年七月一日《真理》所載）

現在魯迅氏譯出的只是第一部分。藏原唯人的〈序言〉說，從這些紀錄，我們「發見無產階級文學本身以及對於這事的黨的政策，凡有三種不同的立場」：

1．由瓦浪斯基（A. Voronsky）及托洛茨基（L. Trotsky）所代表的立場：他們是否定獨立的無產階級文學，且至無產階級文化成立的。

2．瓦進（I. L. Vardin）及其他《那巴斯圖》（*Na Pastu*，雜誌名，在前線之意）一派的立場：他們與下一派同主張站在階級鬥爭的地盤上的無產階級的文學——文化的成立。但又以為在文藝領域內，是必須有黨的直接的指導和干涉的。這便與下一派不同了。

3．布哈林（N. Bukharin）、盧那卡斯基（A. Lunachaisky）等的立場：他們主張由黨這一方面的人工的干涉，首先就於無產階級文學有害。

魯迅氏在《奔流》一卷一號的〈編校後記〉裡，說這三派「約減起來，不過兩派。即對於階級文藝，一派偏重文藝，如瓦浪斯基等，一派偏重階級，是《那巴斯圖》的人們；布哈林……又以為最要緊的是要有創作」。但我又從《人生諸問題》（*Problems of Life*）及別人引的《文學與革命》中的話，知道托洛茨基是始終主張革命文學或無產階級文學的不成立的。

畫室氏從日本昇曙夢的書裡，譯出《新俄羅斯的無產階級文學》、《新俄文學之曙光期》、《新俄的演劇運動與跳舞》三書（北新印）。我覺得第一種最好，敘述得簡要明潔，又有許多新詩——歌詠機器和工廠的——為證，給了具體的印象。第二種最乾燥，滿是歷史，而且滿是人名。第三種也很明白，但對於西洋一般的演劇與跳舞的歷史與現狀茫然的我，卻也不能從這本書得著什麼東西。這本書前一兩年曾被列入禁書，不知現在還可得否。此外，還有張資平氏譯的藤森成吉的《文藝新論》（創造社印），是一本論無產階級文學極好的小書。茲列其目錄如下：

總論

一、從前的文學論及美學
二、新美學，新文學論
三、文藝和唯物史觀
四、其他圖形
五、何謂無產階級文學
六、無產階級文學能成立麼

本論（述略）

一、無政府主義的世界

二、文藝和階級鬥爭
三、社會革命和文藝
四、文學者和實際運動

他說「托洛茨基是全由政治的立場立論的。我是由純文學的立場立論的」。（一〇〇頁）又說階級文學「是以無階級為目的為理想的文學」。（八九頁）又說「最本來的文藝精神」，「可以說是無產階級的精神」（九五頁）。這些——特別是末一個命題——都是很重要的見解。還有方光燾氏抄譯的平林初之輔的〈文學之社會學的研究方法及其應用〉（《一般》二卷四號，三卷一號。大江書店印成單行本，名《文學之社會學的研究》）「大部分是祖述Taine的」，但也參用普列漢諾夫的「經濟的因素」說。此文分方法論，應用論兩編，論述頗為精悍。

所以不憚煩地介紹這些與革命文學有關的譯著，有兩種用意：一是可以看看革命文學的淵源——現在的革命文學派顯然受著這些譯著的原本的影響。二是可以看看將來革命文學的趨勢。這些譯著裡以《蘇俄的文藝論戰》為最早（十六年八月），《蘇俄的文藝政策》最晚。（去年十月，第一部分才在《奔流》上載完）

它們都已有了相當的影響。末了，我還得提一提美國的辛克萊（Upton

Sinclair）。革命文學派似乎常常引用他的話——尤其是「一切藝術皆是宣傳」那一個警語。此語見《拜金藝術》第二章。（《北新》二卷十一號四五頁）日本有此書節譯本，現由郁達夫氏翻成中文分期載在《北新》上。他還有一本《石炭王》，也已由易坎人氏（據說就是郭沫若氏）譯出（樂群書店印）；廣告裡說是「寫革命的事實」的。就郁氏所述《拜金藝術》的翻譯因緣（《北新》二卷十號二五頁）而論，我們可以推想那些革命文學派之引用Sinclair最初也是由日本轉手的。

說到中國的革命文學，創造社是創始者，又是中堅。成仿吾氏（石厚生據說是他的筆名）是他們的代表；郭沫若氏（麥克昂據說是他的筆名）也是顯要的人；李初梨氏也可以算一個。他們的刊物，最重要的自然是《創造》月刊；這是從一卷九號起才正式提倡革命文學的——從這一期起，封面也將仙女換上了工人。此外還有《文化批判》、《洪水》、《流沙》等；《文化批判》、《流沙》都被禁止，《洪水》也停刊了。現在是連《創造》月刊也成了禁書，我們這北京，不知還能見著否。成郭二氏所發表的革命文學的理論，由成氏將它們和以前發表的文學革命的理論合編為《從文學革命到革命文學》一書。（創造社印）其目如下：

新文學之使命（成）

關於「革命文學」的文獻

我們的新文學運動（郭）
藝術家與革命家（郭）
藝術之社會的意義（成）
文藝之社會的使命（郭）
民眾藝術（成）
文學界的現形（成）
孤鴻——致仿吾的一封信（郭）
文藝家的覺悟（郭）
革命與文學（郭）
革命文學與它的永遠性（成）
完成我們的文學革命（成）
從文學革命到革命文學（成）
全部批判之必要（成）

最重要的是最後三個題目。《完成我們的文學革命》用了全力攻擊「周作人先生及他的 Cycle」的「以趣味為中心的文藝」是消極的，否定的一面。第二個題目在敘述了文學革命的過程以後，論到「文學革命今後的進展」說：

「我們要努力獲得階級意識，我們要使我們的媒質接近農工大眾的用語，我們要以農工大眾為我們的對象。」（一三二、一三三頁）

下一段是「革命的印貼利更追亞（Intelligentsia，知識階級）團結起來」，這明明是襲用 Marx 的有名的宣言的調子。在這一段裡，成氏說：

「努力獲得辯證法的唯物論，努力把握著唯物論的辯證法的方法……」（一三四頁）

「克服自己的小資產階級根性……」（同上）

「以真摯的熱誠描寫你在戰場所聞見的，農工大眾的激烈的悲憤，英勇的行為與勝利的歡喜！」（一三三頁）

所謂「辯證法的唯物論」，是黑格爾（Hegel）的辯證法與 Marx 的唯物論的混合物，《文化批判》第三號裡有著詳細的解釋。最後一個題目，說革命文學理論比作品更為重要，必得先有從事於理論的研究的人。這正是蘇俄有過的問題。（看《奔流》一卷一號中布哈林的演說）成氏說這種理論，就是批判；而現在所要的是「全部的批判」。要明白全部的批判的過程，得先明白文藝這對象所由構成的諸過程。這些過程如下：

1．純經濟過程（物質的生產過程）

2．生活過程（政治過程，精神的生活過程一般）

3．意識過程（精神的生產過程）

4．這些過程的再生產（一四二頁）

成氏的結論的一條是：

「今後我們應該由不斷的批判的努力，有意識地促進文藝的進展，在文藝本身上由自然生長的成為目的意識的，在社會變革的戰術上由文藝的武器成為武器的文藝。」（一四五頁）

這顯然是以文學為宣傳的工具了。

但成氏態度雖然已很明白，卻還沒有採用「無產階級文學」的名字。到了李初梨氏的〈怎樣地建設革命的文學？〉（《文化批判》上號）他才說：

「革命文學，不是誰的主張，更不是誰的獨斷，由歷史的內在發展——聯絡，它應當而且必然地是無產階級文學。」（未見原件，據《非革命文學》三七頁引

又成氏所主張的革命文學的內容，麥克昂氏在〈桌子的跳舞〉（《創造》一卷十一期）一文中似乎加以修正地說：

「無產者文藝也不必就是描寫無產階級。

因為無產階級的生活，資產階級的作家也可以描寫；資產階級的描寫，在無產階級的文藝中也是不可缺乏的。要緊的是看你站在那一個階級說話。我們的目的是要消滅布爾喬亞階級（資產階級）；乃至消滅階級的；這點便是普羅列塔利亞（無產階級）文藝的精神。」

又《流沙》第一期有藥眠氏的〈非個人主義的文學〉，是單就一面說的。他說：

「從前潛伏在社會底層的人類的意志，已經抬起頭來集合在一起，而為左右社會的偉大的群眾力量。這種力量在偉大的破壞的進程中所衝激起來的感情的浪花，當然就是我們的集體化的文藝的新生命。」

「……洗去從前個人主義文學的頹廢的，傷感的，怯懦的，嘆息的缺陷，而另外造出一剛強的，悲壯的，樸素的文學來。」

革命文學派攻擊的對象，一是語絲派，我已說過了；又一是新月派。他們攻擊語絲派，起先是注重周作人氏，後來是轉而注重魯迅氏了。他們攻擊新月派，起先是只注重徐志摩氏，後來又加上胡適氏；而對於新月派的理論家梁實秋氏（他有〈文學與革命〉一文，見後）似乎還沒有觸及。他們說魯迅氏是「醉眼陶然」（始見於《文化批判》創刊號馮乃超氏論文），徐志摩氏是「文學小丑」（始見於《文化批判》三期麥克昂氏文）。他們正式批評《新月的態度》的文章是彭康氏的〈什麼是「健康」與「尊嚴」？〉（《創造》月刊一卷十二號）在這篇文裡，彭氏轉述《新月》的話：他們以為現在思想太自由了，太凌亂了，因而舉出「健康」與「尊嚴」兩大原則和「創造的理想主義」，作為「標準」、「紀律」、「規範」他批評這種見解說：

「現在我們思想上並沒有自由，要有自由就須得有適應的、客觀的條件，『不幸』的是他們竟對於這個盲目！」

「適應的，客觀的條件」，大約就是所謂「辯證法的唯物論」；在這裡是沒有一般意義的自由的。所以革命文學派與新月派，不主張自由這一點其實是相同的；而語絲派卻主張自由主義。（周作人氏似有此語）這是鼎足的三派的一種對抗，值得注意的。此外，《文化批判》創刊號中馮乃超氏的〈藝術與社會生活〉一文，有批評葉紹鈞、魯迅、郁達夫、郭沫若、張資平五氏的話，也可一看。

李初梨氏在〈一封公開信的回答〉裡說：

「在中國這樣嚴重的情勢之下，革命陣營裡，絕對不許有宗派主義的行動，如果我們發現了這種傾向，應該大家全力地去克服！」（《文化批判》三期）

然而事實上已「發現了這種傾向」，李氏的信便是一個證據。這封信是給《太陽月刊》（現已停刊）的錢杏邨氏的。他們辯論的中心是蔣光慈氏的革命文學理論。事情是這樣：李氏在〈怎樣地建設革命文學〉裡批評蔣氏〈現代中國文學與社會生活〉一文（未見，大約是載在《太陽》上的）；錢氏出來為蔣氏說話，在《太陽》上給了李氏一封公開信。李氏於是有這封信回答他。這一回辯論的主要論點，可用這封信裡李氏自己所引他那篇論文中的一段話來說明：

「我們分析蔣君犯了這個錯誤的原因，是他把文學僅作為一種表現的——觀照的東西，而不認識它的實踐的意義。」

這種「表現」與「實踐的意義」的爭執，或說「表現」與「宣傳」的爭執，其實也還是理論的徹底與否的問題，並非實踐的實踐；大約文學本是紙上的東西，徹底也只能徹到此處為止罷。在這封信裡，附帶著一個「關於革命文學的歷史的問題」。李氏在那篇論文裡說西元一九二六年郭沫若氏的〈革命與文學〉「是在中國文壇上首先倡導革命文學的第一聲。」錢氏卻說，在這篇以前，蔣氏「已在各種雜誌上發表了許多關於革命文學的著作」。這雖是事實，但蔣氏的作品，似乎未曾得一般的注意；他所辦的《春雷月刊》，李氏說「問了許多人，他們連這個名字也不知道。」郭氏那文載在《創造月刊》（一卷三期）上，影響較大；但他那時也還沒有明切的主張。革命文學運動，是直到成氏一文以後才有的。又創造社雖與《太陽月刊》有上述的不同，但他們仍「始終把《太陽》認作自己同志」。另有《泰東月刊》，也談革命文學（未見），他們曾提出「革命文學家到民間去」的口號。成仿吾氏在〈全部的批判之必要〉（《創造》月刊一卷十號）裡批評他們道：

「在我們的革命的急速的發展中，我們的文藝界，跟我們的政界一樣，真有不少的人在很遠的後邊氣喘喘地追隨著。他們有時候昏倒在途中，會發出些奇怪的議論來使你莫名其妙。這種可憐的追隨派，他們艱難的追隨，我們不難想像，也不難諒解。」

所謂「奇怪的議論」，便是那句口號。照那句口號說，「革命文學家」便是在「民間」之「外」的了。這雖然也是徹底與否的問題，但兩者之間相差更甚了。現在我得回過來說一說錢杏邨氏。他有《現代中國文學作家》一書（泰東印），評論魯迅、郭沫若、郁達夫、蔣光慈四人。這似乎是應用革命文學原理的第一部批評的書。其中《魯迅》一篇中，有〈死去了的阿Q時代〉一個題目；在《太陽》或《我們》上發表以後，曾引起許多的討論。錢氏是說「阿Q時代是已經死去了，《阿Q正傳》的技巧也已死去了」（二三頁）；而「魯迅他自己也已走到了盡頭」。（二四頁）

說到技巧或形式，革命文學派也有他們的主張。在《從文學革命到革命文學》裡，成仿吾氏說現在的語體是「一種非驢非馬的『中間的』語體」，與現實的語言相離太遠。他說：

「我們要使我們的媒質接近農工大眾的用語。」

但怎樣地「接近」呢？他沒有說。後來《文化批判》上論無產階級文學的形式（見《非革命文學》中引，大約是李初梨氏的話），才舉出四個細目：（一）諷刺的（二）暴露的（三）鼓動的（四）教導的。錢杏邨氏在〈論《阿Q正傳》的技巧〉時也說：

「現在的時代不是陰險刻毒的文藝表現者所能抓住的時代，現在的時代不是纖巧俏皮的作家的筆所能表現出的時代……」

這是消極方面。《太陽月刊》在積極方面提倡過俄國的新寫實主義。（七月號上有〈到新寫實主義的路〉一文，未見）茅盾氏在〈從牯嶺到東京〉（《小說月報》十九卷十號）裡曾說起這種新寫實主義，現在轉錄於下：

「……只就四五年前所知而言，新寫實主義起於實際的逼迫；當時俄國承白黨內亂之後，紙張非常缺乏，定期刊物或報紙的文藝欄都只有極小的地位，又因那時生活的壓迫是緊張的疾變的，不宜於弛緩迂迴的調子，那就自然而然產生了一種適合於此種精神律奏和實際困難的文體，那就是把文學作品的章段字句都簡練起來，省去不必要的環境描寫和心理描寫，使成為短小精悍、緊張、有刺激性的一種文體，因為用字是愈省愈好，彷彿打電報，所以最初有人戲稱為『電報體』，後來就發展成為新寫實主義。」

以上種種理論，不論曾經說明與否，大部分是不出蘇俄的範圍的；這只要看過前面所舉的幾種譯著，也就可以知道。所以郁達夫氏在《大眾文藝》（現代書局印）第一期〈大眾文藝釋名〉中，影射地說：

「……我們的良心還在，……絕不敢抄襲了外人的論調主張，便傲然據為己有，作為專賣的商標而來誇示國人。」

但創造社卻說，這是「經濟的基礎之變動」決定了的「文學這意識形態的必然的變革」（〈全部的批判之必要〉），或說，這是「歷史的內在的發展」。（已見上）

有一位梅子氏鑑於「革命文學毒焰正熾」，將一些「非革命文學的文章，收集成書」，就叫做《非革命文學》。（上海光明書局印）其目錄如下：

我為什麼要編輯這部書（梅子）

文學與革命（梁實秋）（《新月》）

革命文學問題（冰禪）（《北新》）

革命文學評價（莫孟明）（《現代文化》）
革命文學論的批判（謙弟）（同上）
無產階級文藝運動的謬誤（尹若）（同上）
評《從文學革命到革命文學》（侍桁）（《語絲》）
無產階級藝術論（忻啟介）（《流沙》）
檢討馬克思主義階級藝術論（柳絮）（《民間文化》）
藝術家當面的任務（谷蔭）（《畸形》）
藝術家的理論鬥爭（柳絮）（《民間文化》）
拉雜一篇答李初梨君（甘人）（《北新》）
「醉眼」中的朦朧（魯迅）（《語絲》）

梅子氏那文的第一節說：

「革命文學是什麼？很簡單地說：就是馬克思主義的宣傳之一種。所謂『革命文學』，完全離開了文學的本質——以及一切藝術的——而是借文學為名以作一種政事的工具。換句話說：革命文學，就是變形的馬克思主義運動。他們的所謂為無產階級求得解放，這純全是一種欺騙，籠絡，如俄羅斯十月革命前的時代一樣。而況，中國，是的，中國的革命文學運動者，都是在行為與事實上很明顯地告訴了我們：這是共產黨在中國政治上落伍了而來作一種間接宣傳的。申言之，革命文學是遠離了文學之本質的，彼等的詩歌，僅只是標語，彼等的小說，戲劇，僅只是一些宣言。」（一頁）

他在第四節裡又說：

「你為文學的人們，且請面對面地生活下去吧！──認識你的生活吧！」（四頁）

我們可以推知編者是以「文學本質」及自我表現為立場的。

書中所收集的文章，我參照編者的意見（二、三頁），將它們分為三派：

（一）語絲派　他們以個人主義，自由主義，人道主義，趣味和美學等為立場。編者似乎也近於此派。魯迅氏一文，雖只是消極地「譏諷嘲弄」，文字卻寫得最好。他的警語是：

「我並不希望做文章的人去直接行動，我知道做文章的人是大概只能做文章的。」（一二八頁）

他譏諷創造社所謂「藝術的武器」是：

「從無抵抗的幻影脫出，墜入紙戰鬥的新夢裡去了。」（一三一頁）

石厚生氏有對於此文的答辯，題為〈畢竟是醉眼陶然罷了〉。（見《創造》一卷十一

期）

（二）新月派　梁氏的文字也寫得很好，但他對於革命文學，似乎有些誤解。這層我不想在此討論。——梁氏以為「革命文學」「實在是沒有意義的一句空話」。（一八頁）他說：「無論是文學，或是革命，其中心均是個人主義的，均是崇拜英雄的，均是尊重天才的，與所謂『大多數』不發生若何關係。」（一四頁）

他說文學要代表永遠的，普遍的人性；它是永遠獨立的。（一一頁）梅子氏說「這是站在資產階級的文學立場說話的」。（三頁）

（三）民眾文學派　《現代文化》及《民間文化》裡都主張「無階級的民眾文學」（不是羅曼羅蘭派的）（三九頁），無政府共產主義的文學。（六二頁，九二頁）這一派卻承認個性的差異。（八七頁）郁達夫氏所提倡的「大眾文藝」與此不同。那是民治主義的。

除上述各派特點外，它們與革命文學派共同相異的地方，可用下列一表說明：

	革命文學	非革命文學
1	階級性	無階級性
2	集團主義	個人主義
3	唯物論	唯心論

這裡第三派沒有多大的影響。——這書的體裁不大純粹：編者既只錄一方面的理論，為什麼又將那方面忻啟介及谷蔭二氏的文章載入？若說因為這兩篇文流傳不廣，那麼，也應作為附錄，加以聲明。現在這樣隨手插了進去，是不行的。

影響甚大而尚未成派的，是茅盾氏的〈從牯嶺到東京〉一文。（《小說月報》十九卷十號）現在借用曾虛白氏〈文藝的新路〉（《真美善》三卷二號）裡的話，說明那文的主旨：

「他說，現在的『新作品』走入了『標語口號文學』的絕路，有革命熱情而忽略於文藝的本質；並且革命文藝的讀者的對象該是無產階級，而無產階級卻絕不能了解這種太歐化或是太文言化的革命文藝。他說，『我相信我們的新文藝需要一個廣大的讀者對象，我們不得不從青年學生推廣到小資產階級的市民，我們要聲訴他們的痛苦，我們要激動他們的熱情。』總之，茅盾觀察到我們『新文藝』的讀者實在只是小資產階級，所以他決心要做小資產階級所能了解和同情的文藝了。這就是他指給我們的新路。」

茅氏是已有了影響甚大的創作（《動搖》等，現由商務印行）的，而那篇文又極其透澈，乾淨，他的都是實際的問題，所以引起一般的注意。他的立場其實可以說和創造社相同，但結論卻不一樣。創造社認他為勁敵。《創造》二卷五號上有傅克興氏〈小資產階級文藝理論之錯誤〉是專駁茅氏的。篇末有「編輯委員會」的附記，說茅氏的文章和無產階級的文學確是「尖銳地對立著」。但其中有許多「現實的具體的問題」不能一概抹殺的。該社的《文藝生活》（一期）上也有論及茅氏的話，創造社是這回才遇到了真的敵人。（還有幾種與創造社相同的刊物，也在駁茅氏的理論）曾氏的文也詰難茅氏，但他所根據的，卻是個人主義與自由主義。

至於用了創作的形式來「非」革命文學的，我只知道是楊騷氏的〈空舞臺〉（《奔流》一卷三號）一齣戲。這戲裡以瘋人和狗象徵革命文學派，那瘋人和狗的聲音，是連「普羅」（無產階級的人）也覺著厭倦；他們要自造戲臺，和大家共演「真的戲」。錢杏邨氏有〈空舞臺畢竟是空舞臺〉（見《麥穗集》，上海落葉書店印），批評這齣戲的態度。

另有張天化氏《革命與文學》一書（民智印），是「革命叢書」的一種。此書用意，在說明「文學與革命的相互關係」，開出一條「新的文學的大道」。（均見作者〈引言〉）其目如下：

一、文學與革命的關係

二、革命文學的界說
三、革命文學與文學革命
四、革命文學與一般文學（上）
五、革命文學與一般文學（下）
六、文學進化與社會變遷
七、熱烈的感情
八、各種主義及其影響（上）
九、各種主義及其影響（下）
十、革命文學的真價值

作者在第二章裡，說革命文學有五個特點：

1．「主義，是為全人類謀幸福」
2．「思想，是縝密深遠」
3．「感情，是熱烈奮發」
4．「文字，是淺近平易」
5．「效能，是有刺激性」

這似乎太「淺近平易」了，沒有一點特色。作者是站在國民黨的立場上的。他常常引用孫中山先生，但並不能一貫地將三民主義用到文學上去。全書材料，大抵從數年來的雜誌裡取用，所以沒有新義可言。行文也覺拖沓，令人不能終卷。又本年一月二十二至二十四日本報，曾轉載鄧紹氏的〈革命的文藝和文藝的革命〉也是以國民黨為立場的。鄧氏將「文藝」作解「文化」，所論又泛而不切，因之也無可觀。

以上是一年來的關於「革命文學」的文獻，都是在上海印行的。作者這一年局處北方，見聞不廣，想必有遺漏的地方，讀者請原諒著罷。

〔附記〕

1．文中說及的畫室氏所譯《新俄文藝政策》，已在光華出版。

2．近來才見到《關於革命文學》（C. H. W. 編），《革命文學論》（丁丁編）二書，記得都是泰東印行。

二書均係雜集別人論文而成，似乎是投機事業，不足深論。第二書頗覺亂，連陳獨秀氏的〈文學革命論〉也插進去了。第一書稍整齊，中有郁達夫氏和蔣光慈氏的論文。

二書所錄有幾篇是相同的；但它們都未將成仿吾氏《從文學革命到革命文學》載入，雖然這是一篇最重要的文字。二書有翻印本，《革命文學論》改為《革命新文化》，封面上題著「郭沫若編」；編者首尾兩首詩，都改署上「陳獨秀」的名字。出版的書局，自然也都是假託的。這可以說是投機的投機了。

《妙峰山聖母靈籤》的分析

在這篇短文裡，作者只就所謂「靈籤」的本身加以分析；其他相關的問題，暫不涉及。

籤共五十三條，每條末有「板存琉璃廠會遠齋，甘姓公議助善」一行；板已漫漶，不知刻在何時。此項籤語的來歷，未暇檢查，不能知道。又五十三的數目是偶然還是當然，也因未能檢查比較，姑從闕疑。

詩是七言四句，是一定的，但用韻卻多不依通行詩韻，如第三籤以「通」（一東）「驚」（八庚）「凶」（二冬）相協，顯係北方的方音。有些句子竟似無韻，如第十一籤首句次句用「和」、「多」兩字相協，第四句末字卻用「榮」字，便是一例。平仄與「黏」也有錯的。這可見此項籤詩絕不出於高等文人之手；大概是些半通不通的文人做的。他們既那樣地不熟悉詩的格律，為什麼還要保存詩的形式？我想這是傳統的關係，卜筮之詞，向為韻語。七言四句之籤詩，現在我尚不能確說是起於何時，但不會在唐以前，是一定的；——從現在說，來源大約也總很久了。相沿如此，自然不敢更張；況且用韻語多少有些神祕的氣氛，若全用散文，便成直頭布袋，會減卻籤語的莊嚴。所以如妙峰山的簽，寧可解而又詳，那四句詩幾同虛設，卻還要保存著，無非以裝門面而已。詩語簡單，卻不籠統；大抵總指出幾件比較具體的事，如財利，官位，疾病，婚姻等，是求籤人常會問到的。

「解曰」一項中，列舉各種具體問題之答覆（也有籠統語，但極少），皆四字一句，無韻，句數無定。「詩曰」一項，其實還是解；說得專門一些，可以稱為「詳」。這種詳語，全是散文，但也以四字句為主，又皆以「此籤詳之」開端。此「詳」字是「參詳」之「詳」；在江蘇北部已成一個術語，在北平不知如何。此項中以籠統的判斷為主，間亦附具體事件。「萬事」、「凡事」、「諸事」、「百事」、「諸凡」、「百凡」、「諸緣」等字樣，用得最多，幾乎每條皆有。這顯然因「解」中用列舉法，恐有漏略，故以概括的判斷補充其用。此項詳語中又常說及不幸時解救之法，如「忍耐」、「求神」等，及命運轉變之時期，如第十二籤詳語末云，「須當祈禱、求神力解救，以待春初，方可遂意。」（此種時期之指示，係據籤詩參詳；解中無這類話。）

簽分上上、大吉、中平、下下四等。上上全是好話，所謂「並無些些礙阻」。大吉雖也是好話，但多附有條件：如第十五籤詳云，「雖是大吉，奈遲滯而成，不可性急，耐心可也。」又第二十五籤詳云，「凡事不差。秉心求神，自然安泰。唯有婚姻，多有阻礙，千萬不可。」又第四十二籤詳語末云，「只是莫壞良心，自然神明加護。」不獨詳語中如此，詩及解中，也如此說。中平之義，可以籤語明之：如第十九籤詳云，「先難後易，凡事忍耐，不必性急。如問病症，不醫自退。如若強求，反有不測。」又第四十三籤詳云，「年運不通，所作不成。待交立夏，運至福生。內有貴人提拔，名利立就。」詩及解大抵同此，但解中的話有時說得更壞些。下下如第六籤詳云，「事事不宜。心中改過，向善懺悔，方得吉慶，慎之，慎之！」又第十二籤詳云，「命運不通，須當祈禱，求神解救，以待春初，方可遂意。」又第三十六籤詳云，「一切事物，莫管他非，戒慎守己，方保坎坷。忍耐一時，可保無虞。」詩及解也差不多是這種話。上上與大吉籤，有些話是很相像的；中平與下下籤的詳語，也有些是相像的；大吉與中平籤，相像的話卻很少。

在五十三條籤中，上上大吉各十三條，中平十二條，下下十四條，可以說是平均的分配；求籤的人對於四等籤各有四分之一的機會。其排列的方法，可按四籤一組來說：計十三組，末一籤掛零。前七組較不規則，其中三組，四等籤皆有，但次序各異；餘四組中，兩組只有三等籤，又兩組只有兩等籤。後六組卻極整齊，每組四等籤，均按上上、大吉、中平、下下的次序排列。最末掛零的籤是上上。此五十三籤，是以上上起，以上上終。

解中所列舉的事件，可以說是依據人生的普通的經驗，或常識的。從這裡可以推測一般求籤者的心理。茲按照發見次數的多寡開列於後：

1．婚姻五十一次
2．疾病（或災病）四十九次
3．見貴（或見賢）四十三次
4．謀事（或謀望）三十七次
5．行人（或走失）三十四次
6．胎產（胎產難或孕生男子貴子）二十六次
7．詞訟二十四次
8．求財十八次
9．求官十八次
10．失物十八次
11．經營十七次

12．田蠶十四次

13．宅舍十三次

14．防小人三次

15．出入（或遠行）三次

其餘只見一次的從略。我只計算了一遍，數字容有不盡準確處，但大體是不會錯的。這裡面8求財與11經營或可合算，則為三十五次，當占第五位。我們平常總以為升官發財是最普遍的思想，但這裡婚姻與疾病卻占了頭兩位。我們雖可以說籤語是依據常識的，但現在還不能確實知道這些籤語寫定的情形，所以關於這個問題，也是不能判斷；作者只指出問題之所在吧了。——有人說，也許與所祀之神有關，此說可以備考。

除了上上籤盡善盡美之外，其餘三等，卻都附有或輕或重的條件；但卻沒有盡惡的。即使下下籤，也還有解救的方法。如第三十二籤詳云，「動止難行，凡事不宜。家敗人亡，骨肉殘傷。急告神明，祈禳則吉。小心謹慎要緊！」上半說得如何厲害，下半卻說出解救的法子，便不礙了。這種解救的法子，最多見的是「忍耐」、「守分」。忍耐、守分，是因時運不齊。人須任運待時，不可強求，強求便是妄動，必有不測。這是消極的法子。積極的，則有求神念佛，籤中也常見；還有「改過」、「向善」、「正心誠意」，

「事事依理」，籤中也說及，但較少見。忍耐是依據命運的信仰，神佛也是信仰，事事依理，則是理性化：前兩種與後一種是矛盾的，但卻在簽裡能並存著。這種思想的態度，人生的態度，我相信，正反映著一般民眾的思想式與人生觀。

白馬湖

今天是個下雨的日子。這使我想起了白馬湖；因為我第一回到白馬湖，正是微風飄蕭的春日。

白馬湖在甬紹鐵道的驛亭站，是個極小極小的鄉下地方。在北方說起這個名字，管保一百個人一百個人不知道。但那卻是一個不壞的地方。這名字先就是一個不壞的名字。據說從前（宋時？）有個姓周的騎白馬入湖仙去，所以有這個名字。這個故事也是一個不壞的故事。假使你樂意蒐集，或也可編成一本小書，交北新書局印去。

白馬湖並非圓圓的或方方的一個湖，如你所想到的，這是曲曲折折大大小小許多湖的總名。湖水清極了，如你所能想到的，一點兒不含糊像鏡子。沿鐵路的水，再沒有比這裡清的，這是公論。遇到旱年的夏季，別處湖裡都長了草，這裡卻還是一清如故。白馬湖最大的，也是最好的一個，便是我們住過的屋的門前那一個。那個湖不算小，但湖口讓兩面的山包抄住了。外面只見微微的碧波而已，想不到有那麼大的一片。湖的盡裡頭，有一個三四十戶人家的村落，叫做西徐嶴，因為姓徐的多。這村落與外面本是不相通的，村裡人要出來得撐船。後來春暉中學在湖邊造了房子，這才造了兩座玲瓏的小木橋，築起一道煤屑路，直通到驛亭車站。那是窄窄的一條人行路，蜿蜒曲折的，路上雖常不見人，走起來卻不見寂寞——。尤其在微雨的春天，一個初到的來客，他左顧右盼，是只有覺得熱鬧的。

春暉中學在湖的最勝處，我們住過的屋也相去不遠，是半西式。湖光山色從門裡從牆頭進來，到我們窗前、桌上。我們幾家接連著；丏翁的家最講究。屋裡有名人字畫，有古瓷，有銅佛，院子裡滿種著花。屋子裡的陳設又常常變換，給人新鮮的受用。他有這樣好的屋子，又是好客如命，我們便不時地上他家裡喝老酒。丏翁夫人的烹調也極好，每回總是滿滿的盤碗拿出來，空空的收回去。白馬湖最好的時候是黃昏。湖上的山籠著一層青色的薄霧，在水裡映著參差的模糊的影子。水光微微地黯淡，像是一面古銅鏡。輕風吹來，有一兩縷波紋，但隨即平靜了。天上偶見幾隻歸鳥，我們看著牠們越飛越遠，直到不見為止。這個時候便是我們喝酒的時候。我們說話很少；上了燈話才多些，但大家都已微有醉意。是該回家的時候了。若有月光也許還得徘徊一會；若是黑夜，便在暗裡摸索醉著回去。

白馬湖的春日自然最好。山是青得要滴下來，水是滿滿的、軟軟的。小馬路的兩邊，一株間一株地種著小桃與楊柳。小桃上各綴著幾朵重瓣的紅花，像夜空的疏星。楊柳在暖風裡不住地搖曳。在這路上走著，時而聽見銳而長的火車的笛聲是別有風味的。在春天，不論是晴是雨，是月夜是黑夜，白馬湖都好。——雨中田裡菜花的顏色最早鮮豔；黑夜雖什麼不見，但可靜靜地受用春天的力量。夏夜也有好處，有月時可以在湖裡劃小船，四面滿是青靄。船上望別的村莊，像是蜃樓海市，浮在水上，迷離徜恍的；有時聽見人聲或犬吠，大有世外之感。若沒有月呢，便在田野裡看螢火。那螢火不是一星半點的，如你們在城中所見；那是成千成百的螢火。一片兒飛出來，像金線網似的，又像耍著許多火繩似的。只有一層使我憤恨。那裡水田多，蚊子太多，而且幾乎全閃閃爍爍是瘧蚊子。我們一家都染了瘧疾，至今三四年了，還有未斷根的。蚊子多足以減少露坐夜談或划船夜遊的興致，這未免是美中不足了。

離開白馬湖是三年前的一個冬日。前一晚「別筵」上，有丏翁與雲君，我不能忘記丏翁，那是一個真摯豪爽的朋友。但我也不能忘記雲君，我應該這樣說，那是一個可愛的——孩子。

七月十四日，北平。

論中國詩的出路

讀了兩期詩刊，引起一些感想。這些感想也不全然是新的，也不全然是自己的。平常自己亂想，或與朋友談論：牽涉到中國詩，總有好多不同的意見。現在趁讀完詩刊的機會，將這些意見整理一下，寫在這裡。

近代第一期意識到中國詩該有新的出路人要算是梁任公夏穗卿幾位先生。他們提倡所謂「詩界革命」；他們一面在詩裡裝進他們的政治哲學，一面在詩裡引用西籍中的典故，創造新的風格。但詩不是哲學的工具，而新典故比舊典故更難懂：這樣他們便失敗了。

第二期自然是胡適之先生及其他的白話詩人。這時候大家「多半是無意識的接收外國文學的暗示」，「注重的是白話，不是詩」，誠如梁實秋先生在詩刊中所說。

第三期是民國十四年辦晨報詩刊及現在辦詩刊的諸位先生。他們主張創造新的格律；但所做到還只是模仿外國近代詩，在意境上，甚至在音節上。模仿意境，在這過渡時期是免不了的，並且是有益好。模仿音節，卻得慎重，不能一概而論。

音節麻煩了每一個詩人，不論新的舊的。從新詩的初期起，音節並未被作詩的人忽略過，如一般守舊的人所想。胡適之先生倡「自然的音節」論（見《談新詩》），這便是一切自由詩及小詩的根據。從此到聞一多先生「詩的格律」論（見《晨報·詩刊》），中間有不少的關於詩的音節的意見。這以後還有，如陳勺水先生所主張的「有律現代詩」（見《樂群》半月刊第四期）及最近詩刊中諸先生的議論。這可見音節的重要了。

中國詩體的變遷，大抵以民間音樂為樞紐。四言變為樂府，詩變為詞，詞變為曲，都源於民間樂曲。所以能行遠持久，大半便靠這種音樂性，或音樂的根據。這其間也許有外國影響，如胡樂之代替漢樂，及胡適之先生所說吟誦詩文的調子由梵唄而來（見《白話文學史》）之類；但只在音樂方面，不在詩的本體上。還有，詞曲興後，五七言之勢並不衰；不但不衰，似乎五七言老是正宗一樣。這不一定是偏見；也許中國語的音樂性最宜於五七言。你看九言詩雖有人做過，都算是一種雜體，毫不發達。（參看《小說月報·中國文學研究》中劉大白先生的論文）（俞平伯先生說）

按照上述的傳統，我們的新體詩應該從現在民間流行的，曲調詞嬗變出來；如大鼓等似乎就有變為新體詩的資格。但我們的詩人為什麼不去模仿民間樂曲（從前倒也有，如招子庸的粵謳，繆蓮仙的南詞等，但未成為風氣），現在都來模仿外國，作毫無音樂的白話詩？這就要看一看外國的影響的力量。在歷史上外國對於中國的影響自然不斷地有，但力量之大，怕以近代為最。這並不就是奴隸根性；他們進步得快，而我們一向是落後的，要上前去，只有先從倣法他們入手。文學也是如此。這種情形之下，外國的影響是不可抵抗的，它的力量超過本國的傳統。就新詩而論，無論自由詩，格律詩，（姑用此名）每行之長，大抵多於五七言，甚至為其倍數。在詩詞曲及現在的民集樂曲中，是沒有這樣長的停頓或樂句的。（詞曲每頓過七字者極少；在大鼓書通常十字三頓，皮簧劇詞亦然。）

這種影響的結果，詩是不能吟誦了。有人說不能吟誦不妨，只要可讀可唱就行。新詩的可唱，由趙元任的新詩歌集證明。但那不能證明新詩具有充分音樂性；我們寧可說，趙先生的譜所給的音樂性也許比原詩所具有的多。至於讀詩，似乎還沒有好的方法。詩刊諸先生似乎也有鑑於此，所以提倡詩的格律。他們的理論有些很可信，但他們的實際，模仿外國詩音節還是主要工作。這到底能不能成功呢？我們且先看看中國語言所受過的外國的影響如何。（本節略採浦江清先生說）

佛經的翻譯是中國語言第一次受到外國的影響。梁任公先生有過〈佛典翻譯與文學〉一文（見梁任公近著）詳論此事。但華梵語言組織相去懸遠，習梵文者又如鳳毛麟角，所以語言上雖有很大的影響（佛經翻譯，另成新體文字），卻一直未能普遍應用。有普遍應用的是翻譯文中的許多觀念和故事的體裁；故事體後來發展便成小說，重要自不待言。中國語言第二次受到的外國影響，要算日本名辭的輸入；日本的句法也偶被採用，但極少。因為報章文學的應用，傳播極快；二三十年前的「奇字」如「運動」（受人運動的運動），現在早成了常語。第三次是我們躬自參加的一次，便是新文學運動中白話文歐化的事。這回的歐化起初是在句法上多，後來是在表現（怎樣措辭）上多。無論如何，這回傳播的快的廣，比佛經翻譯文體強多了。這裡主要的原因是懂得外國文的人多得多了；他們觸類旁通，自然容易。大概中國語言本身最不輕易接受外來的影響；句法與表現的變更要有偉大的努力或者方便的環境。至於音節，那是更難變更——不但難，有時竟是不可能的。音節這東西太複雜了，太微妙了，不獨這種語言和那種語言不同，一個人的兩篇作品，也許會大大地差異；以詩論，往往體格相同之作，音節上會有繁複的變化，如舊體律詩便是如此——特別是七律。

徐志摩先生是試用外國詩的音節到中國詩裡最可注意的人。他試用了許多西洋詩體。朱湘先生評志摩的詩一文（見《小說月報》十七卷一號）中曾經列舉，都有相當的成功。近來綜觀他所作，覺得最成功的要算無韻體（Blank Verse）和駢句韻體。他的緊湊與俐落，在這兩體裡表現到最好處。別的如散文體姑不論，如各種奇偶韻體和章韻體，雖因徐先生的詩行短，還能見出相當的效力，但同韻的韻字間距離太長，究竟不能充分發揮韻的作用。韻字間的距離應該如何，自然還不能確說；顧亭林說古詩用韻無隔十字以上者，暫時可供參考。不但章韻體奇偶韻體易有此病，尋常詩行太長，也易有此病。商籟體之所以寫不像，原因大部分也在此。梁實秋先生說「用中國話寫 Sonnet，永遠寫不像」，我相信。孫大雨先生的商籟（見《詩刊》），誠然是精心結撰的作品，但到底不能算是中國的，不能被中國人消化。徐志摩先生一則說孫先生之作可成定體，再則說商籟可以試驗中國語的柔韌性等；但他自己卻不做。（據我所知，他只有過一首所謂「變相的十四行詩」）這如何能叫人信？

西洋詩的音節只可相當的採用，因為中國語有它的特質，有時是沒法湊合的。創造新格律，卻是很重要的事。在現在所有的意見中，我相信聞一多先生的音尺與重音說（見《晨報．詩刊》中〈詩的格律〉一文及《詩刊》中梁實秋先生的信），可以試行。自然這兩種說法也都是從西洋詩來的。我相信將來的詩還當以整齊的詩行為正宗，長短句可以參用；正如五七言為舊詩的正宗一樣。採用西洋的音節創造新格律都得倚賴著有天才的人。單是理論一點用也沒有。我們要的是作品的證明，作品漸漸多了，也許就真有定體了。

有一種理論家我們也要的。他們是用科學方法研究中國語言的音樂性的。他們能說出平仄聲、清濁聲、雙聲疊韻、四等呼，以及其他數不完的種種字音上的玩意，對於我們情感的影響。這種理論的本身雖然也許太煩瑣，太死板，但到了一個天才的手裡應用起來，於中國詩的前途，未必沒有幫助。（本節採楊今甫先生說）

上文說過新詩不能吟誦，因此幾乎沒有人能記住一首新詩。固然舊詩中也只近體最便吟誦，最好記，詞曲次之，古體又次之；但究竟都能吟誦，能記，與新詩懸殊。新詩的不能吟誦，就表面看，起初似乎因為行不整齊，後來詩行整齊了，又太長；其實，我想，是因為新詩沒有完成的格律或音節。但還有最重要的，如胡適之先生《談新詩》裡所說及劉太白先生〈中國詩篇裡的聲調問題〉文中所主張，是輕重音代替了平仄音。說得更明白些，舊詩句裡的每個字，粗粗地說，是一樣的重音，輕音字如「了」字也變成重音；新詩模仿自然的語言，至少也接近自然的語言，輕音字便用得多，輕音字的價值也便顯露了。這一種改變，才是新詩不能吟誦的真因；新詩大約只能讀和唱，只應該讀和唱的。唱詩是以詩去湊合音樂，且非人人所能，姑不論。讀詩該怎麼著，是我們現在要知道的。趙元任先生在《新詩歌集》裡說讀詩應按照自然的語氣，明白，清朗（大意）；曾聽見他讀〈我是少年〉等詩，在國語留聲機片中。但這是以國語為主，不以詩為主，故不及聽他唱新詩的有味。又曾聽見朱湘先生讀他的〈採蓮曲〉，用舊戲裡韻白的調子。這自然是個經濟的方法，但顯然不是唯一的方法。用這種方法讀詩，似乎還有些味兒。讀詩的方法最為當務之急，新詩音節或格律的完成與公認，一半要靠著那些會讀的人。這大概也得等待天才，不是盡人所能；但有了會讀的人，大家跟著來便容易，不像唱那麼難。朱湘先生在民國十五年曾提倡過讀詩會（見是年四月《晨報畫刊》），可惜沒有實行；現在這種讀詩會還得多多提倡才行。

在外國影響之下，本國的傳統被阻遏了，如上文所說；但這傳統是不是就中斷或永斷了呢？現在我們不敢確言。但我們若有自覺的努力，要接續這個傳統，其勢也甚順的。這並非空話。前《大公報》上有一位蜂子先生寫了好些真正白話的詩，記載被人忘卻的農村裡小民的生活。那些詩有些像歌謠，又有點像大鼓調，充滿了中國的而且鄉土的氣息。有人嫌它俗，但卻不缺少詩味。可惜蜂子先生的作品久不見了，又沒個繼起的人。這種努力其實是值得的。

五七言古近體詩乃至詞曲是不是還有存在的理由呢？換句話，這些詩體能不能表達我們這時代的思想呢？這問題可以引起許多的辯論。胡適之先生一定是否定的；許多人卻徘徊著不能就下斷語。這不一定由於迷戀骸骨，他們不信這經過多少時代多少作家錘煉過的詩體完全是塚中枯骨一般。固然照傅孟真先生的文學的有機成長說（去年在清華講演）一種文體長成以後，便無生氣，只餘技巧；技巧越精，領會的越少。但技巧也正是一種趣味；況如宋詩之於唐詩，境界一變，重新，沈曾植比之於外國人開埠頭本領（見《石遺室詩話》），可見骸骨運會之謚，也不盡確。「世界革命」諸先生似乎就有開埠頭之意。他們雖失敗了，但與他們同時的黃遵憲乃至現代的吳芳吉、顧隨、徐聲越諸先生，向這方面努力的不乏其人，他們都不能說沒有相當的成功。他們在舊瓶裡裝進新酒去。所謂新酒也正是外國玩意兒。這個努力究竟有沒有創造時代的成績，現在還看不透；但有件事不但可以幫助這種努力，並且可以幫助上述的種種；便是大規模地有系統地試譯外國詩。

　　這是本文最末的一個主張。譯專集也成，總集也成，譯莎士比亞固好，譯 Goedeu Lreaxsury 也行。但先譯總集或者更方便些。你可以試驗種種詩體，舊的新的，因的創的；句法，音節，結構，意境，都給人新鮮的印象。（在外國也許已陳舊了）不懂外國文的人固可有所參考或仿效，懂外國文的人也還可以有所參考或仿效；因為好的翻譯是有它獨立的生命的。譯詩在近代是不斷有人在幹，蘇曼殊便是一個著名的，但規模太小，太零亂，又太少，不能行遠持久。要能行遠持久，才有作用可見。這是革新我們的詩的一條大路；直接借助於外國文，那一定只有極少數人，而且一定是迂緩的，彷彿羊腸小徑一樣這還是需要有天才的人；需要精通中外國文，而且願意貢獻大部分甚至全部分生命於這件大業的人。

《文藝心理學》序

八年前我有幸讀孟實先生《無言之美》初稿，愛它說理的透澈。那篇講稿後來印在《民鐸》裡，好些朋友都說好。現在想不到又有幸讀這部《文藝心理學》的原稿，真是緣分。這八年中孟實先生是更廣更深了，此稿便是最好的見證；我讀完了，自然也感到更大的欣悅。

美學大約還得算是年輕的學問，給一般讀者說法的書幾乎沒有；這可窘住了中國翻譯介紹的人。據我所知，我們現有的幾部關於藝術或美學的書，大抵以日文書為底本；往往薄得可憐，用語行文又太將就原作，像是西洋人說中國話，總不能夠讓我們十二分聽進去。再則這類書裡，只有哲學的話頭，很少心理的解釋，不用說生理的。像「高頭講章」一般，美學差不多變成醜學了。奇怪的是「美育代宗教說」提倡在十來年前，到如今才有這部頭頭是道，醰醰有味的談美的書。

「美育代宗教說」只是一回講演；多少年來雖然不時有人提起，但專心致志去提倡的人並沒有。本來這時代宗教是在「打倒」之列了，「代替」也許說不上了；不過「美育」總還有它存在的理由。江紹原先生和周豈明先生先後提倡過「生活之藝術」；孟實先生也主張「人生的藝術化」。他在《談美》的末章專論此事：他說，「過一世生活好比做一篇文章」；又說，「藝術的創造之中都必寓有欣賞，生活也是如此」；又說，「生活上的藝術家也不但能認真，而且能擺脫。在認真時見出他的嚴肅，在擺脫時見出他的豁達」；又說，「不但善與美是一體，真與美也無隔閡」。——關於這句抽象的結論，他有透澈的說明，不僅僅搬弄文字。這種藝術的態度便是「美育」的目標所在。

話是遠去了，簡截不繞彎地說罷。你總該不只一回唸過詩、看過書畫、聽過音樂、看過戲（西洋的也好，中國的也好）；至少你總該不只一回見過「真山真水」，至少你也該見過鄉村郊野。你若真不留一點意，也就罷了；若你覺得「美」而在領略之餘還要好奇地唸著「這是怎麼回事」，我介紹你這部書。人人都應有唸詩看書畫等等權利與能力，這便是「美育」；事實上不能如此，那當別論。美學是「美育」的「百尺竿頭更進一步」，或者說是拆穿「美」的後臺的。有人想，這種尋根究底的追求已入理知境界，不獨不能增進「美」的欣賞，怕還要打消情意的力量，使人索然興盡。所謂「七寶樓臺，拆碎不成片段」，正可用作此解。但這裡是一個爭論；世間另有人覺得明白了欣賞和創造的過程可以得著更準確的力量，因為也明白了走向「美」的分歧的路。至於知識的受用，還有它獨立的價值，自然不消說的。何況這部《文藝心理學》寫來自具一種「美」，不是「高頭講章」，不是教科書，不是咬文嚼字或繁征博引的推理與考據；它步步引你入勝，斷不會教你索然釋手。

這是一部介紹西洋近代美學的書。作者雖時下斷語，大概是比較各家學說的同異短長，加以折衷或引申。他不想在這裡建立自己的系統，只簡截了當地分析重要的綱領，公公道道地指出一些比較平坦的大路。這正是眼前需要的基礎工作。我們可以用它作一面鏡子，來照自己的面孔，也許會發現新的光彩。書中雖以西方文藝為論據，但作者並未忘記中國；他不斷地指點出來，關於中國文藝的新見解是可能的。所以此書並不是專寫給唸過西洋詩，看過西洋畫的人讀的。他這書雖然並不忽略重要的哲人的學說，可是以「美感經驗」開宗明義，逐步解釋種種關聯的心理的，以及相伴的生理的作用，自是科學的態度。在這個領域內介紹這個態度的，中國似乎還無先例；一般讀者將樂於知道直到他們自己的時代止的對於美的事物的看法。孟實先生的選擇是煞費苦心的；他並不將一大堆人名與書名向你頭頂上直壓下來，教你望而卻步或者皺著眉毛走上去，直到掉到夢裡而後已。他只舉出一些繼往開來的學說，為一般讀者所必須知道的。所以你唸下去時，熟人漸多，作者這樣騰出地位給每一家學說足夠的說明和例證，你這樣也便於捉摸，記憶。

但是這部書並不是材料書，孟實先生是有主張的。他以他所主張的為取捨衡量的標準；折衷和引申都從這裡發腳。有他自己在裡面，便與教科書或類書不同。他可是並不偏狹，相反的理論在書中有同樣充分的地位；這樣的比較其實更可闡明他所主張的學說——這便是「形象的直覺」。孟實先生說：「凡美感經驗都是形象的直覺。……形象屬於物，……直覺屬於我，……在美感經驗中，我所以接物者是直覺而不是尋常的知覺和抽象的思考；物所以對我者是形象而不是實質成因和效用。」（第一章）他在這第一章裡說明美感的態度與實用的及科學的態度怎樣不同，美感與快感怎樣不同，美感的態度又與批評的態度怎樣不同。末了他說明美感經驗與歷史的知識的關係；他說作者的史蹟就了解說非常重要，而了解與欣賞雖是兩件事，卻不可缺一。這種持平之論，真是片言居要，足以解釋許多對於考據家與心解家的爭執。

全書文字像行雲流水，自在極了。他像談話似的，一層層領著你走進高深和複雜裡去。他這裡給你來一個比喻，那裡給你來一段故事，有時正經，有時詼諧；你不知不覺地跟著他走，不知不覺地「到了家」。他的句子，譯名，譯文都痛痛快快的，不扭捏一下子，也不盡繞彎兒。這種「能近取譬」、「深入顯出」的本領是孟實先生的特長。可是輕易不能做到這地步;他在《談美》中說寫此書時「要先看幾十部書才敢下筆寫一章」,這是謹嚴切實的功夫。他卻不露一些費力的痕跡,那是功夫到了家。他讓你唸這部書只覺得他是你自己的朋友,不是長面孔的教師,寬袍大袖的學者,也不是海角天涯的外國人。書裡有不少的中國例子,其中有不少有趣的新穎的解釋:譬如「文氣」、「生氣」、「即景生情,因情生景」,豈不都已成了爛熟的套語?但孟實先生說文氣是「一種筋肉的技巧」(第八章),生氣就是「自由的活動」(第六章),「即景生情,因情生景」的「生」就是「創造」(第三章)。最有意思的以「意象的旁通」說明吳道子畫壁何以得力於斐旻的舞劍,以「模仿一種特殊的筋肉活動」說明王羲之觀鵝掌撥水,張旭觀公孫大娘舞劍而悟書法(第十三章),又據佛蘭斐爾的學說,論王靜安先生《人間詞話》中所謂「有我之境」實是無我之境,所謂「無我之境」倒是有我之境(第三章)。(作者注:這一段已移到《詩論》裡去了)這些都是入情入理的解釋,非一味立異可比。更重要的是從近代藝術反寫實主義的立場為中國藝術辯護(第二章)。他是在這裡指示一個大問題;近年來國內也漸漸有人論及,此書可助他們張目。東漢時蔡邕得著王充《論衡》,資為談助;《論衡》自有它的價值,絕不僅是談助。此書性質與《論衡》迥不相類,而兼具兩美則同:你想得知識固可讀它,你想得一些情趣或談資也可讀它;如入寶山,你絕不會空手回去的。

李健吾作《老王和他的同志們》序

（節錄）

這回戰事不是這個那個英雄的勇氣與計謀，而是民眾的同心協力。一個朋友來信說，「某軍成了民眾的武力」；我們正應該如此看。若不看清這一層，寫出來的東西，高明些只是英雄崇拜，推辦些就成歌功頌德了。這時代用不著這些老玩意，時代的精神早變過來了。……戰事戲最難寫；戲臺太小了，戰場太大了，取材是難中之難。既不能像舊戲用四個龍套代表八十三萬人馬，又不能像《歐洲大觀》一類電影，用炮火上臺；所以只能旁敲側擊。因此，這種戲特別需要技巧。選擇情景，安排人物，穿插言語，都要嚴密，要對岔兒；還得要「重，拙，大」（借用況周頤論詞的話）。巧已經不容易；巧而又能「重，拙，大」，就更難了；所以戰事戲成功的很少。

茅盾的近作

（《三人行》、《路》）

若將茅盾的創作分為三期，這兩部中篇小說屬於第二期。第一期代表是《蝕》，那著名的三部曲，描寫一些知識分子的幻滅動搖和追求——他們都沒有出路。《虹》是過渡的東西，細磨細琢的描寫還和《蝕》一樣，只是女主角有了出路，意識形態便顯明多了。不過這部書沒有寫完，而且像是在給一個女人作傳，不免有些個人主義英雄主義的色彩。第三期包括他最近的作品，如〈林家鋪子〉（《申報月刊》一）、〈春蠶〉（《現代雜誌》二，一）和長篇《子夜》的片段（《文學月報》一與二）。這裡寫江浙農村的破產，暴露上海金融界的祕幕。前一種不但取材切實，且語簡意多，因果歷歷分明，而又不是說盡。後一種材料也切實，但還只見一鱗一爪，無從評論，這兩種作品裡用的文字也向著「大眾化」走，與以前不同。

《三人行》與《路》寫的還是知識分子，而且是些學生，與〈幻滅〉的前半和《虹》的取材一樣。茅盾君大約對於十六年前後的青年學生的思想行動非常熟悉，所以在他作品裡常遇著這些青年人。他在這兩部書裡都暗示著出路，書名字便可見。雖然像畫龍點睛似地，路剛在我們眼前一閃，書就「打住」了，彷彿故意賣關子，但意義是有的。意義簡單明瞭，不像《虹》，讀了也許會只看他怎樣熱熱鬧鬧在寫那女主人。據《路》的「校後記」，雖然印行在《三人行》之後，寫成卻似乎在前；作風也與舊作相近些。《三人行》以三個人代表現代三種青年的型式，雖不是新手法，而在作者卻是新用。這樣三一三十一，作為一個中篇，自然不能再用細磨細琢的工夫。假如《蝕》與《虹》是大幅的油畫，這只是小張的素描罷了。

《路》寫的是一幕學校風潮的鬥爭。事情是反對教務長。學校在武昌；風潮發生正在反共的當兒。那教務長卑劣極了，也陰險極了；一面利誘校內「魔王團」的學生，一面借了反共的名字，捕去那些為首的「秀才派」的學生。他勝利了，可是學生們還是「持久戰」。書中主角叫火薪傳，也是「秀才派」。他從懷疑主義轉入虛無主義，終於腳踏實地走上了路。主角的轉變寫得很自然。戀愛是本書另一大關目。收場幾乎全寫的這個，似乎有些輕重倒置。出面的女子有三個，寫得分明的只有杜若。她是《蝕》裡孫舞陽章秋柳一流人，但遠不及她們有聲有色。這部書裡不少熱鬧場面，可是讀的時候老覺得冷清清的。也許是取材太狹了，太單調了；也許是敘述太繁了，太鬆泛了。結構是不壞的，以火薪傳的出路始，以他的出路終；中間穿插照應也頗費了些苦心。書中有一個「雷」，是真能苦幹的人，他影響了火薪傳。書中寫他的周側面影，閃閃爍爍的，像故意將現實神祕化，反倒覺得不大親切似的。

《三人行》比《路》寫得好，因為比《路》用筆經濟些。三人是「許」、「雲」、「惠」。「許」本是個運命主義者，後來轉入俠義主義，成了「中國式的唐吉訶德」。他想浪漫地獨力去抵抗惡勢力，結果犧牲在惡勢力底下。「惠」是個虛無主義者。他「只覺得一切都應當改造，但誰也不能被委託去執行」（一〇八面）；他的其實是「等待主義」。他是要自己毒死自己的。只有「雲」，那看準了「實際的需要」的人，他有「確信」，克服著自己，走上了他的路。這書裡也有戀愛，可是只有一個女人，一個跟著物質的引誘走的女人。「許」與「惠」都愛她，但是都失敗了。「闊少爺張」和「足球李」是醉生夢死的傢伙，僅僅用來做配角而已。還有一個「柯」，是有正確的見解的。書裡說「那樣的人並不是鳳毛麟角，現在到處都有那樣的人」（一三六頁），這便是寫實，與《路》裡寫「雷」不同了。書中借了「惠」的父親暗示一般商業的衰頹與苛捐雜稅，又借了「雲」的父親暗示一般農村的破產。而以「許」的找出路起手，與無路走的「惠」與在路上的「雲」對照著收場，可見作者眼睛看在那裡。茅盾君最近在《華漢地泉》的讀後感裡說：「一部作品在產生時必須具備兩個必要條件：（一）社會現象的全部的（非片面的）認識，（二）感情地去影響讀者的藝術手腕。」這兩層他自己總算是做到了。這部書雖不及他那三部曲的充實，但作為小品看，確是成功的。

贈言

一個大學生的畢業之感是和中小學生不同的。他若不入研究院或留學，這便是學校生活的最後了。他高興，為的已滿足了家庭的願望而成為堂堂的一個人。但也發愁，為的此後生活要大大地改變了，而且往往是不能預料的改變。在現下的中國尤其如此。一面想到就要走出天真的和平的園地而踏進五花八門的新世界去，也不免有些依戀徬徨。這種甜裡帶著苦味，或說苦裡帶著甜味，大學畢業諸君也許多多少少感染著吧。

然而這種欣慰與感傷都是因襲的，無謂的。「堂堂的一個人」若只知道「仰足以事父母，俯足以蓄妻子」，或只知道自得其樂，那是沒多大意義的。至於低徊留連於不能倒流的年光，更是白費工夫。我們要冷靜地看清自己前面的路。畢業在大學生是個獻身的好機會。他在大學裡造成了自己，這時候該活潑潑地跳進社會裡去，施展起他的身手。在這國家多難之期，更該沉著地挺身前進，絕無躲避徘徊之理。他或做自己職務，或做救國工作，或從小處下手，或從大處著眼，只要賣力氣幹都好。但單槍匹馬也許只能守成；而且舊勢力好像大漩渦，一個不小心便會滾下去。真正的力量還得大夥兒。

贈言

清華畢業的人漸漸多起來了，大夥兒同心協力，也許能開些新風氣。有人說清華大學畢業生犯兩種毛病：一是率真，二是瞧不起人。率真絕不是毛病。所謂世故，實在太繁碎。處處顧忌，只能敷敷衍衍過日子；整日兜圈兒，別想向前走一步。這樣最糟蹋人的精力，社會之所以老朽昏庸者以此。現在我們正需要一班率真的青年人，生力軍，打開這個僵局。至於瞧不起人，也有幾等。年輕人學了些本事，不覺沾沾自喜是一等。看見別人做事不認真，不切實，忍不住現點顏色，說點話，是一等。這些似乎都還情有可原。若單憑了「清華」的名字，那卻不行；但相信這是不會有的。

《倫敦竹枝詞》

「春節」時逛廠甸，在書攤上買到《倫敦竹枝詞》一小本。署「局中門外漢戲草」，「觀自得齋」刻。慚愧自己太陋，簡直沒遇見過這兩個名字，只好待考。詩百首，除首尾兩首外，都有注。後有作者識語，署光緒甲申（一八八四）；而書刻於光緒戊子（一八八八）。但有一詩詠維多利亞女王登極五十年紀念，是年應為光緒丁亥（一八八七），那麼便不應作於甲申了。這層也只好待考。

書後有署甫的〈跋〉云：

……一詩一事，自國政以逮民俗，罔不形諸歌詠。有時雜以英語，「雅魯」、「娶隅」，詼諧入妙。雖持論間涉憤激，然如醫院大政，亦未嘗沒有立法之美，殆所謂憎而知其善者歟？……

這幾句話說得很公道。「局中門外漢」無論如何是五十年前的人物了，他對於異邦風土的憤激怪詫是不足奇的。如郵筒、電話、電燈、照相，都覺新異，以之入詩，便是一例。所奇的是他的寬容、他的公道。如〈詠西畫〉云：

《倫敦竹枝詞》

家家都愛掛春宮，道是春宮卻不同：只有橫陳嬌小態，絕無淫褻醜形容。

注云：

凡畫美人者，無論著色墨筆，皆寸絲不掛，唯蔽其下體而已，聽事書室皆懸之，毫不為怪。

詩的前半似乎有些憤激，但後半的見解就算不錯，比現在遺老遺少高明得多。作者身在倫敦，又懂點英語（由詩中譯音之多知之），所以多少能夠了解西化。又其詩所記都是親見親聞，與尤侗《外國竹枝詞》等類作品只是紙上談兵不同，所以真切有味。詩中所說的情形大體上還和現在的倫敦相彷彿：曾到倫敦或將到倫敦的人看這本書一定覺著更好玩兒。

諸詩時雜英語，所譯的音，與平常迥乎不同，所以署甫〈跋〉裡說他「詼諧入妙」。現在選抄若干首，凡懂點英語的人，看了定會發笑的。但解釋譯語，只摘錄原注，不代注原文，蓋所以存幽默也。

風來陣陣乳花香，鳥語高冠時樣妝。結伴來遊大巴克，見人低喚「克門郎」。原注：巴克，譯言花園也。克門郎，譯言來同行也。

握手相逢「姑莫林」，喃喃私語怕人聽。訂期後會郎休誤，臨別開司劇有聲。原注：姑莫林，譯言早上好也。開司，譯言接吻也。

往來蹀躞捧盤盂，白帽青衣綽約如。一笑低聲問佳客，這回生代好同車。原注：生代，譯言禮拜日也。

十五盈盈世寡儔，相隨握算更持籌。金錢笑把春蔥接，贏得一聲「坦克尤」。原注：坦克尤，譯言謝謝你也。

銷魂最是亞魁林，粉黛如梭看不清。一盞槐痕通款曲，低聲溫磅索黃金。原注：亞魁林，譯言水旅園也。槐痕，譯言酒也。英人謂一為溫。

紅草絨冠黑布裙，擺攤終日「戲園」門。自知和氣生財道，口口聲聲「邁大林」，原注：邁大林，譯言我的寶貝也。

相約今宵踏月行，抬頭克落克分明；一杯濁酒黃昏後，哈甫怕司到乃恩。原注：英人謂鐘曰克落克，謂半曰哈甫，謂已過曰怕司，謂九曰乃恩：哈甫怕司乃恩者，九點半鐘已過也。

一隊兒童拍手嬉，高呼「請請菜尼斯」。童謠自古皆天意，要「請」天兵靖島夷。原注：英人呼中國人曰菜尼斯。凡中國人上街，遇群小兒，必皆拍掌高唱曰，「請請菜尼斯」，不知其何謂也。(按：這一首實在太可笑了。「請」是「菜尼斯」的破音，是英國人罵中國人的話。)

《三秋草》

這一本波俏的小書，共詩十八首，都是去年八月至十月間所作，多一半登過《新月》。

《新月詩選》裡有卞君的詩四首。其中〈望〉、〈黃昏〉、〈魔鬼夜歌〉，幽玄美麗的境界固然不壞；但像古代的歌聲，黃昏的山影，隱隱約約，可望而不可及。〈寒夜〉便不同，你和我都在裡頭，一塊兒領略那種味道。那味道平常極了，你和我都熟悉，可是抓住了寫來的是作者。前三首還免不了多少的鏗鏘，這一首便是說家常話，一點不裝腔作勢。

《三秋草》裡的詩是〈寒夜〉那一類。陳夢家君在《新月詩選》序言裡說作者的詩「常常在平淡中出奇」，這一集裡才真是如此。十八首裡愛情詩極小；假如有，〈一塊破船片〉與〈白石上〉也許是的。愛情詩實在多，太多，看這本書至少可以換換口味。〈一塊破船片〉用筆真像〈髮影〉，舊比喻，新安排，說得少，留得可不少。不哭不喊不嘮叨，乾脆。〈白石上〉乏些，不免拖泥帶水；但他在跳，這個念頭跳到那個念頭；或遠或近，反正拐彎抹角總帶點兒親。不用平鋪直敘，也不用低徊往復，只跳來跳去的；別的詩也往往這樣寫，如〈西長安街〉、〈幾個人〉。

作者的出奇是跳得遠的時候，一般總不會那麼跳的。雖是跳得遠，這念頭和那念頭在筆下還都清清楚楚；只有它們間的橋卻拆了。這不是含糊，是省筆。〈西長安街〉還嫌話多些，看〈幾個人〉最後幾行：

矮叫化子痴看著自己的長影子，
當一個年青人在荒街上沉思：
有些人捧著一碗飯嘆氣，
有些人半夜裡聽到人的夢話，
有些人白髮上戴一朵紅花，
像雪野的邊緣上托一輪落日……

不必去找什麼線索，每一行是一個境界，詩的境界，這就夠了。

因為聯想「出奇」，所以比喻也用得別緻，〈朋友和菸捲〉裡問「白金龍」「上口像不像回憶」，又說簫聲是「輕輕又懶懶的青煙」。這個所謂「感覺的交錯」，也是跳得遠的好。至於〈海愁〉的懷鄉，不但沒有橋，連原來的岸也沒有了；只是一個聯想。這似乎與象徵不一樣，因為沒有那朦朧的調子。只可惜第三節太華麗，要是像其餘三節一般樸質就好了。書裡的比喻不但別緻，有時還曲曲折折的，如〈白石上〉裡說那「白石」彷彿「一方素絹」，卻用九行詩描寫這「一方素絹」；其中有變化，所以不覺嘮叨。作者最活潑最貼切的描寫是〈路過居〉，車伕聚會的一家小茶館。這種卻以盡致勝。作者觀察世態頗仔細，有時極小的角落裡，他也會追尋進去；〈工作的笑〉裡有精微的道理，他用的是現代人尖銳的眼。

《新詩歌》旬刊

這個旬刊的目的在提倡一種新的詩歌運動；尤其努力的是詩歌的大眾化。《創刊號》有一篇〈發刊詩〉，裡面說，

我們要捉住現實，
歌唱新世紀的意識。

又說，

我們要用俗言俚語，
把這種矛盾寫成民謠小調鼓詞兒歌，
我們要使我們的詩歌成為大眾歌調，
我們自己也成為大眾中的一個。

但他們並不專用大眾文學的舊形式，他們也要創造新的。這個旬刊最近情形不知如

何，我只看到第一、第二、第四期，就這三期說，他們利用舊形式要比創造新的，成績好些。那些用民謠、小調兒歌的形式寫出來的東西雖然還不免膚泛，散漫的毛病，但按歌謠（包括俗曲）的標準說，也不比流行的壞。況且總還有調子，要是真歌唱起來，調子是很重要的。這類作品裡，覺得第二期裡的〈新譜小放牛〉比較好。那是對山歌。對山歌離不了重疊與連鎖兩種表現法，結構容易緊密，意思不用很多，作者當然可以取巧些。至於那些用新形式寫的，除了分行外，實在便無形式；於是又回到白話詩初期的自由詩派。這些詩裡，也許確有「新世紀的意識」，但與所有的新詩一樣，都是寫給一些受過歐化的教育的人看的，與大眾相去萬里。他們提倡朗讀；可是這種詩即使怎麼會朗讀的人，怕也不能教大眾聽懂。舉一個題目罷，「回憶之塔」（見第二期），你說，要費多少氣力才能向大眾解釋清楚？他們誰又耐煩聽你！《文學月報》中蓬子君的詩似乎也是新意識，卻寫得好，可是說到普及也還是不成。

去年JK君在《文學月報》上提出「大眾文藝問題」，引起許多討論；《北》還特地用這個題目征過一回文。那些文裡有兩個頂重要的意見：一是要文學大眾化，先得生活大眾化；所謂「自己也成為大眾的一個」。二是在大眾中培養作家。這是根本辦法；不然，大眾文藝問題，終於是紙上談兵而已。不過那些還未「化」或者簡直「化」不了的人也當睜眼看看這個時勢，不要盡唱愛唱窮，唱卑微，唱老大。這都是自我中心，甚至於自我狂。要知道個人的價值，已一天天在跌下去；刺刺不休，徒討人厭罷了。再則無論中外，大作品絕不是自敘傳，至少絕不僅僅是自敘傳。還有從前人喜歡引用的「文章千古事，得失寸心知」，也正是自我狂之一種。文章的得失，若真是只有「寸心知」，那實在可以不必寫。就算這指的是那精緻的技巧，但技巧精微至此，也就無甚價值可言。詩的大眾化是文學大眾化的一個分題，自然也可用同樣原則處置。可是詩以述情為主，要用比喻，沒有小說戲劇那樣明白，又比較簡練些，接近大眾較難（敘事詩卻就不同）。所以大眾化起來，怕要多費些事。《新詩歌》中對於這一層似乎還未論到。第二期裡有〈關於寫作新詩歌的一點意見〉一文，論到新詩歌的題材，列舉九項，都可採用；此外足以表現時代的材料想來還有。總之，最好撇開個人；但並非不許有個性在文章裡。材料的選擇，安排與表現，與文章的感染力相關甚大。這多半靠個人的才性與功夫；所謂個性，便指的這些。

〈關於寫作新詩歌的一點意見〉裡也論到新詩歌的形式，他們分列四項，大概不外利用舊的與創造新的。舊的指歌謠的形式。照我的意見，歌謠應包括徒歌與俗曲（小曲、小調、唱本等）；徒歌又分為可歌可誦兩類，七言四句的山歌屬於前者，長短參差的歌語屬於後者。歌謠的組織，有三個重要的成分：一是重疊，二是韻腳，三是整齊。只要有一種便可成歌謠，也有些歌謠三種都有。當然，俗曲還得加上樂調一個成分，極要緊的成分。不過那已在文學以外了。周作人先生想「中國小調的流行，是音樂的而非文學的」，「以音調為重而意義為輕」，所以辭句幼稚粗疏的多。（見〈自己的園地詩的效用〉篇）這是個很有意思的推想。徒歌可誦的一類無一定形式可言。可唱的一類以七言四句一節為主要的形式，有時可重疊到許多節。節不限於四句，但七言總是主要的句法；俗曲中的句法也以七言為主。七言外有時加些襯字，疊字，虛腔，但基本形式總看得出。至於北平的「弦子書」，有時長到十九字一句，也只唱七拍子，與七言同，那卻帶著樂調的關係了。俗曲中還有一種十字句，分三三四，共三讀；大鼓書裡有時用它，皮黃裡簡直以它為主。俗曲的篇法卻無定，則因為要跟著樂調走。這些組織與形式，都可試驗。但各種形式全帶韻腳，韻腳總是重讀。雖有無韻句間隔而太少；篇幅短還行，長了就未免單調。這層多換韻也許可以補救一些。還有一層，韻句多了，令人有頭輕腳重之感；這個可不容易補救，只有將篇幅剪裁得短些。實在短不了的，便須用新形式。創造呢，不知如何下手，姑不論；英國詩裡的「無韻體」，卻似乎可以採用。近年來新詩人試驗的外國詩體很多，成績以徐志摩君為最。他用「無韻體」，結果不算壞。

這種體似乎最能傳出說話曲折的神氣。我們不一定照英國規矩，但每行得有相仿的音數與同數的重音，才能整齊，才能在我們的語言裡成功一首歌。至於中國語裡有輕音的現象。胡適之先生《談新詩》裡早已說過了。這種歌雖不可唱而可誦。《新詩歌》裡主張朗讀，這種詩體是最相宜的。

春

盼望著，盼望著，東風來了，春天的腳步近了。

一切都像剛睡醒的樣子，欣欣然張開了眼。山朗潤起來了，水長起來了，太陽的臉紅起來了。

小草偷偷地從土裡鑽出來，嫩嫩的，綠綠的。園子裡，田野裡，瞧去，一大片一大片滿是的。坐著，躺著，打兩個滾，踢幾腳球，賽幾趟跑，捉幾回迷藏。風輕悄悄的，草綿軟軟的。

桃樹、杏樹、梨樹，你不讓我，我不讓你，都開滿了花趕趟兒。紅的像火，粉的像霞，白的像雪。花裡帶著甜味，閉了眼，樹上彷彿已經滿是桃兒、杏兒、梨兒！花下成千成百的蜜蜂嗡嗡地鬧著，大小的蝴蝶飛來飛去。野花遍地是：雜樣兒，有名字的，沒名字的，散在草叢裡，像眼睛，像星星，還眨呀眨的。

「吹面不寒楊柳風」，不錯的，像母親的手撫摸著你。風裡帶來些新翻的泥土的氣息，混著青草味，還有各種花的香，都在微微潤溼的空氣裡醞釀。鳥兒將窠巢安在繁花

春

嫩葉當中，高興起來了，呼朋引伴地賣弄清脆的喉嚨，唱出宛轉的曲子，與輕風流水應和著。牛背上牧童的短笛，這時候也成天在嘹亮地響。

雨是最尋常的，一下就是三兩天。可別惱，看，像牛毛，像花針，像細絲，密密地斜織著，人家屋頂上全籠著一層薄煙。樹葉子卻綠得發亮，小草也青得逼你的眼。傍晚時候，上燈了，一點點黃暈的光，烘托出一片安靜而和平的夜。鄉下去，小路上，石橋邊，撐起傘慢慢走著的人；還有地裡工作的農夫，披著蓑，戴著笠的。他們的草屋，稀稀疏疏的在雨裡靜默著。

天上風箏漸漸多了，地上孩子也多了。城裡鄉下，家家戶戶，老老小小，他們也趕趟兒似的，一個個都出來了。舒活舒活筋骨，抖擻抖擻精神，各做各的一份事去。「一年之計在於春」；剛起頭兒，有的是工夫，有的是希望。

春天像剛落地的娃娃，從頭到腳都是新的，它生長著。

春天像小姑娘，花枝招展的，笑著，走著。

春天像健壯的青年，有鐵一般的手臂和腰腳，他領著我們上前去。

哀互生

三月裡劉薰宇君來信，說互生病了，而且是沒有希望的病，醫生說只好等日子了。四月底在《時事新報》上見到立達學會的通告，想不到這麼快互生就歿了！後來聽說他病中的光景，那實在太慘；為他想，早點去，少吃些苦頭，也未嘗不好的。但丟下立達這個學校，這班朋友，這班學生，他一定不甘心，不瞑目！

互生最叫我們紀念的是他做人的態度。他本來是一副銅筋鐵骨，黑皮膚襯著那一套大布之衣，看去像個鄉下人。他什麼苦都吃得，從不曉得享用，也像鄉下人。他心裡那一團火，也像鄉下人。那一團火是熱，是力，是光。他不愛多說話，但常常微笑；那微笑是自然的，溫暖的。在他看，人是可以互相愛著的，除了一些成見已深，不願打開窗戶說亮話的。他對這些人卻有些憎惡，不肯假借一點顏色。世界上只有能憎的人才能愛；愛憎沒有定見，只是毫無作為的腳色。互生覺得青年成見還少，希望最多；所以願意將自己的生命一滴不剩而獻給他們，讓愛的宗教在他們中間發榮滋長，讓他們都走向新世界去。互生不好發議論，只埋著頭幹幹幹，是儒家的真正精神。我和他並沒有深談過，但從他的行事看來，相信我是認識他的。

互生辦事的專心，少有人及得他。他辦立達便飲食坐臥只惦著立達，再不想別的。立達好像他的情人，他的獨子。他性情本有些狷介，但為了立達，也常去看一班大人先生，更常去看那些有錢可借的老闆之類。他東補西湊地為立達籌款子，還要跑北京，跑南京。有一回他本可以留學去。但丟不下立達，到底沒有去。他將生命獻給立達，立達也便是他的生命。他辦立達這麼多年，並沒有讓多少人知道他個人的名字；他早忘記了自己。現在他那樣壯健的身子到底為立達犧牲了。他殉了自己的理想，是有意義的。只是這理想剛在萌芽；我們都該想想，立達怎樣才可不死呢？立達不死，互生其實也便不死了。

《春蠶》

這是茅盾君第二個短篇小說集，共收小說八篇；排列似乎是按性質而不按寫作的時日。其中〈春蠶〉一篇，已經排成電影。本書最大的貢獻，在描寫鄉村生活。〈林家鋪子〉、〈春蠶〉、〈秋收〉、〈小巫〉四篇都是的。作者在跋裡說〈林家鋪子〉是他「描寫鄉村生活的第一次嘗試」。他這種嘗試是成功了，只除了〈小巫〉。〈林家鋪子〉最好；不但在這部書裡，在他所有的作品裡，也是如此。這篇裡寫南方鄉鎮上一家洋廣貨店的故事。那林老闆「是個好人，一點嗜好都沒有，做生意很巴結認真」，但「一年一年虧空」，掙扎著，掙扎著，到底倒閉了鋪子，自己逃走。原來「內地全靠鄉莊生意，鄉下人太窮，真是沒有法子」。這正是「九一八」以後，「一二八」前一些日子，上海的經濟非常不景氣，內地也被波及。鄉下人的收穫只夠孝敬地主們和高利貸的債主們，沒有一點一滴剩的。所以雖在過新年的時候，他們也不能買什麼東西。加上捐稅重，開銷大，同業的傾軋，局長黨委的敲詐，憑林老闆怎樣摳心挖膽，剜肉補瘡，到底關門大吉，還連累了一個寡婦和一個老婆子。她們丟了存款，如丟了性命一樣。這其間寫林老闆的掙扎，一層層地展開，一層層地逼緊，極為交互錯綜；他試驗了每一條可能的路，但末了只能走上他萬分不願意的那條路。寫他矛盾的心理，要現款，虧本賣，生意好他自然樂意，可是也就越心疼，這是一。一面對付外場，一面不願讓老婆和女兒知道真實情形，這是二。這些都寫得無孔不入，教人覺得林老闆是這樣一個可憐人；更可憐的是，他簡真「不知道坑害他到這地步的，究竟是誰」。但作者所著眼的卻是事，不是人。

〈春蠶〉、〈秋收〉同一用意而穿插不同。都寫一二八以後南方的農村，都以農人「老通寶」為線索。他生平只崇拜財神菩薩與健康的身子。辛苦了四五十年，好容易掙下了一份家當；又有兒，又有孫。可是近年來不成了，他自己田地沒了，反欠人三百元的債務，所以一心一意只盼望恢復他家原來樣子，憑著運氣與力氣。他十分相信這兩樣東西；情願借了高利貸的錢來「看蠶」，來灌田。結果繭子出得特別多，米的收成也大好。可是繭廠多數不開門，米價也慘跌下去。有東西賣不出錢。「白辛苦了一陣子，還欠債！」原因自然多得很。一般的不景氣，人造絲與洋米的輸入，苛捐雜稅等等。可是「老通寶」不會想到這些。春蠶後他大病一場，秋收後他死了。他的大兒子「阿四」與兒媳「四大娘」不像他固執，卻也沒主見，只隨著眾人腳跟走。他的二兒子「多多頭」倒有些見解，知道單靠勤儉工作是不能「翻身」的。但他也不能想得怎樣明白，鄉村裡不外這三種人，第二種最多。

新文學裡的鄉村描寫，第一個自然是魯迅君，其次還有王魯彥君。有《柚子》、《黃金》兩書。魯迅君所描寫的是封建的農村，裡面都是些「老中國的兒女」。王魯彥君所描寫的，據說是西方物質文明侵入後的農村；但他作品中太多過火的話，大概不是觀察，是幻想。茅盾所寫的卻是快給經濟的大輪子碾碎了的農村。這種農村因為靠近交通的中樞不能不受外邊的影響；它已成為經濟連索中的一個小小圈兒了。這種村人的性格也多少改變了些，「多多頭」那類人，《吶喊》裡就還沒有。《吶喊》裡的鄉村比較單純，這三篇裡的便複雜得多。這三篇寫得都細密，〈林家鋪子〉已在上文論及。〈春蠶〉中「看蠶」的經過情形，說來娓娓入情，而且富於地方色彩，教人一新耳目。篇中又多用陪襯之筆，如〈林家鋪子〉中的林大娘林小姐，〈春蠶〉中的「荷花」、「六寶」兩個女人，〈秋收〉中的「小寶」、「黃道士」等。或用以開場，或用以點綴場面，或用以醒脾胃。好處在全文打成一片，不鬆散，不喧賓奪主。甚至於像〈秋收〉中「搶米囤」風潮一節，雖然有聲有色，卻只從側面寫，也並不妨礙全篇的統一。作者頗善用幽默，知道怎樣用來調劑嚴重的形勢，而不流於輕薄一路。

書中其餘五篇都非成功之作。〈小巫〉像流水帳，題名也太晦。〈右第二章〉敘兩件事，不集中。〈喜劇〉全靠空想，有些不近情理。〈光明到來的時候〉滿是泛泛的議論。〈神的滅亡〉太簡單，太平靜，力量還欠深厚。作者在〈跋〉裡說，他的短篇小說實在有點像縮緊了的中篇——尤其是〈林家鋪子〉。的確，作者的短篇，都嫌規模大，沒有那種單純與緊湊，所謂「最經濟的文學手段的」。他的第一個短篇小說集《野薔薇》也是一樣。那本書裡只有〈創造〉與〈一個女性〉是成功的，別的三篇都不算好。作者在本書的「跋」裡又說他是那麼寫慣了，一時還改不過來；他的短篇失敗的多，這大概是一個主要的原因吧。他的長篇氣魄卻大，就現在而論，似乎還沒有人趕得上；失於彼者得於此，就他自己說，就讀者說，都不壞。因為短篇作家有希望的還有幾個，長篇作家現在卻只有他一個。但嚴格地說，他的長篇的力量也還不十分充足。就以近作《子夜》而論，主要的部分寫得確是淋漓盡致，陪襯的部分就沒能顧到，太嫌輕描淡寫了。他現在的筆力寫〈林家鋪子〉那樣的中篇最合適，最是恢恢有餘，所以這一篇東西寫得最好。但相信他的將來是無限的。

《談美》

朱先生有《給青年的十二封信》，這是第十三封信。書前有朱自清先生〈序〉，介紹本書的重要之處。「開場話」中說明著書旨趣，在研究如何「免俗」；著者堅信，要洗刷人心並非幾句道德家言所可了事，一定要從怡情養性做起，而要求人心淨化，先要求人生美化。講學問或是做事業的人都要抱有一副無所為而為的精神，不斤斤於利害得失，才可以有一番真正的成就。末章專論「人生的藝術化」，說人生就是一種較廣義的藝術，過一世生活好比做一篇文章，要諧和完整才是藝術的生活，藝術化的人生，嚴肅與豁達都恰到好處。就廣義說，善就是一種美，惡就是一種醜。關於藝術本身，他舉出許多流行已久的理論，如美感與快感，考據批評與欣賞，自然美與藝術美，寫實主義與理想主義，主觀的與客觀的等等，根據義大利克羅齊（Benedetto Croce）的學說，詳加辨析，力破成見。他主張「欣賞之中都寓有創造，創造之中也都寓有欣賞」，而「美感起於形相的直覺」。克羅齊的學說在現代歐洲也是顯學，雖與國內正在流行的物觀的藝術論不合，但相信至少可以幫助培養一般人的欣賞力。朱先生這本書只是採用克羅齊的說法，與生吞活剝的抄襲不同。他加上他的心理學的知識，又加上那些中國例子。他懂得透澈，說得透澈圓滿，幾乎是自己的創作一般。又那麼能近取譬，娓娓不倦，教讀者容易消化下去，變成自己的東西。真是介紹外國學說的一個好榜樣。關於克羅齊派的主張，林語堂先生譯的《新的文評》（北新書局出版）可以參看。

《行雲流水》

本書係自記遊歷歐洲（以德國為主）描寫風土之作。以蘇曼殊有「行雲流水一孤僧」之句，故取為書名。全書分五卷。第一卷紀遊，最多。第三卷小說次之。第二卷隨筆。第四卷歐遊雜詠。第五卷譯詩。大部分曾經發表。書中附印各地的風景圖片最豐富，有些是作者自己或他的朋友攝影的。〈自序〉裡著重紀遊諸作，說是「綴集起來，作為攝影集一樣的一種玩好」。又說，「希望讀者也不必以批評藝術的眼光來讀他，只視為一種印象記，則庶幾近之了」。這些話是很率真的。書中散文，似乎都非苦心經營之作，只是興到筆隨，也如行雲流水一般；取材不十分嚴，用筆也不十分密。紀遊、小說、隨筆都只用一種寫法，一口氣寫下去，頗有些報章氣；好處在於自然，無論文言、白話，「筆鋒常帶情感」。〈萊茵紀遊〉中敘「蘿磊萊愛岩」的傳說是最好的例子。「紀遊」一卷為主；他能寫得忠實而親切，雖然有時嫌簡略些。忠實不難，親切難。作者記異域風土而能充分利用中文寫景方法，絕不生砌一語，又時時引中國詩為證，所以我們讀時親切有味。也許外國人看法不同，但並無妨礙，這部書原是中國人給中國人寫的。不過

《行雲流水》

諸文中往往有重複的景語，也是一病。讀「紀遊」卷中第二章以下各文，佐以景圖，令人有清新之感。小說敘作者的戀愛故事，都是親身經歷，所以真切入情；但沒有結構，不能集中力量。隨筆貴含蓄精警，似非作者所長。

《解放者》

這是一個短篇小說集，包括小說八篇，獨幕劇一篇；前有作者〈自序〉。落花生是許地山先生的筆名。他在〈自序〉裡說：「他只用生活經驗來做材料」「只求當時底哀鳴立刻能夠得著同情者」「只希望能為著那環境幽暗者作燈明，為那覺根害病求方藥，為那心意煩悶者解苦惱」。但他所用的「生活經驗」，有些是奇特的例子，如〈東野先生〉，有些似乎只是些傳聞之類；其中有幾處實在太巧。「奇特」本所以濟「平凡」之窮；但是奇特的題材，得慢慢將讀者引進去，讓他不覺得隔膜才成。「無巧不成書」是舊小說的辦法。許先生過去的小說受舊小說的影響頗大，這一集裡雖採取了新態度，但不免還留著一些舊痕跡。這幾篇小說可分三類：（一）諷刺那些金迷紙醉，作偽心勞的男女；他們自鳴得意，其實是可憐的人。（二）寫那些兵亂貧窮所壓迫的男女，走上死路。（三）另一類表現兩個忠於戀愛的男子；這些也是可憐的人。我們能懂得作者的用意，但不能領會他那感情的力量。

《這時代》

這是王先生第二本新詩集。分兩輯，據〈自序〉裡說，思路上顯有不同。集中的詩，不外人生的苦悶與自然的耽悅兩種境界。表現人生的苦悶又走兩條路：（一）是哲學味的沉思，如「黑影」的襲來，青春的逝去等，正是一個中年人淡淡的哀愁。他借自然現象為喻，來表現他的情緒，這與他好帶一點神祕味耽悅自然有關，都是從現實逃避開去。這正是初期新詩的做派，雖然他有時候比較說得鮮明些，細密些。（二）另一路是同情於被壓迫者，但觀察與體驗似乎不足，未能逼視現實，不免有叫囂氣。如〈石堆前的幻夢〉，太不重組織，真是拉拉雜雜的亂夢。〈鐵匠肆中〉仍借前喻，較好，第一節云，「一個星，兩個星，無數明麗的火星。一錘影，兩錘影，無數速重的錘影。來呀，大家齊用力，咱們要使這鐵火碰動？」〈自序〉裡說「經過了不少，現實的時代的痛苦」；在這幾行裡可以看出他在苦痛中的憧憬如何。第二輯中這類詩多些，但第一輯裡也有；兩輯的不同只是程度之差罷了。

關於「新詩歌」的問題（給芙影的信）

芙影先生：

《文學》的編輯先生將您的信寄到北平的時候，我想馬上寫回信，在《文學》第三期裡回答您。但是因為要寫完一篇稿子，便擱下了，耽誤了一個月，真對不起，請原諒罷。

我說《新詩歌》「第二期裡的〈新譜小放牛〉比較好」，正所以表示對於其餘作品的不滿意——特別對於「回憶之塔」一類過分歐化的暗喻以及那些不順口的長句不滿意。至於說「又回到白話詩初期的自由詩派」，確是「太把形式看重了」，如您所說。您主張「內容支配形式」，結果會一篇詩一個形式。有些人主張形式與內容是二而一，一而二，詩不該有固定的形式，結果也當相同。我覺得後一說比較圓滿些。但如何「運用活的內容隨時創造出新形式」呢？是憑各人的才分去亂碰？還是得懂一點音韻的玩藝兒？您似乎覺得兩樣可以並行不悖；我也如此想。但實際上如何下手卻非下了手無從知道。前文存而不論，現在我還只能存而不論。

關於「新詩歌」的問題（給芙影的信）

您說「南方的黃包車伕小市民能讀報紙及連環圖畫的就比較北方多」，但北方的洋車伕小市民能讀小報的似乎也不少。他們卻都未見得能讀新詩歌。老實說，我們的話全不免是猜想。有一個朋友說，最好能做些實驗的工夫，參照定縣的辦法；看看大眾能夠懂得，能夠欣賞的到底是那些種東西。這麼著便有了具體的標準，免得空口說白話。

您提起「中國的環境」給「費解」的新詩歌辯護。但我所不滿意的並非側面的描寫和用比喻，而是不扼要，羅嗦，洋味兒。這與「中國的環境」是無干的。

草草作覆，謝謝您的信！

佩弦

附：芙影給編輯的信

編輯先生：

在詩歌被一部分「作家」不承認是文化的單獨的一部門的今日（譬如《現代》就不給詩的作者的稿費），朱自清先生的介紹《新詩歌旬刊》是非常有意義的一件事，並且又貢獻了許多可寶貴的詩歌大眾化的意見出來，補足了新詩歌沒被提及的問題。

表面看，文學大眾化的呼聲好像是低落了，這，原因無他，幾個討論的人，死的死了（如易嘉），活的被攆得雞飛狗上牆，日無棲息之所，不能無因吧？但也不能就此拉倒。

現在要說的是我同朱先生不同的意見，新詩歌的空洞本用不著我替他遮飾，不過，朱先生是攙住「成見」看他的，假如真如朱先生所說「第二期裡的〈新譜小放牛〉比較好」，無疑的，是新詩歌完全失敗了，同時是朱先生太把舊形式看重了，我並不否認一切小曲調在封建文化中占著大眾化的首位，但時代是一九三三，「以新的內容利用一切舊的形式創造新形式」，不要忘了。朱先生說「於是又回到白話詩初期的自由詩派」，這是朱先生太把形式看重了，我們要內容支配形式，但不要形式支配了內容；如朱先生認為成功的英國「無韻體」試驗者徐志摩君的詩，要是剝去他華麗的外衣，那簡直成了一副嚇人的骷髏了。這並不是過甚其詞，如《新月》諸「詩人」的東西，不怕他們怎樣的別出心裁，花樣翻新，結果還不是那一套形式與技巧的變幻。再說一遍一切封建的遺產我們都樂得去承受的，但有條件的，批判的，把它當成詩歌大眾化的一部門，絕不是把它使奉為整個大眾化的工具。朱先生說新詩歌上的東西「都是寫給一些受過歐化的教育的人看的，與大眾相去萬里；他們提倡朗讀」，「怕也不能教大眾聽懂」，這是一點也不錯，不過朱先生，請你不要忘記在一切發展都不平衡的中國，例如南方的黃包車伕，小市民能讀報紙及連環圖畫的就比較北方多，不見得一定是洋博士才能夠讀新詩歌。如胡教授的「談新詩」的遺教，那我們是只好敬謝不敏了。要徹底解答這一問題，那也誠如朱先生所引用的只有作家自己大眾化。他們雖不能如朱先生期望之殷，但畢竟他們是一步步向前走著的。

讓我再舉例來說明吧，如被稱為「世界詩人」的培嚇爾、白德內衣們幾個人的詩就沒有固定的形式，他們運用活的內容隨時創造出新形式，也並不滯板，比限於「死」形式的詩，壞就是好例。我的意見是在目前只要有新的內容運用靈活的技巧得當的表現出來也就夠了。自然這不是永久的，永久性的，也只有在不斷的創造中才有可能。

順便說一下：蓬子君的詩有幾首是好的，如〈血腥的風〉等，但他在《文學月報》發表的東西顯然的是失敗了的，沒材料，乾叫，弄手法。森堡君在新詩人中比較說是最有希望的一個。朱先生嫌他們的作品費解，中國的環境朱先生大概是知道的吧？人民沒保障，文人是連豬狗都不如！一針見血的作品可以說就沒有發表的可能。

以上只是我個人的意見。

因為不便寫字，寫來又沒頭緒，還得請編輯先生和朱先生原諒。

敬祝

撰安！

芙影上

電子書購買

爽讀 APP

國家圖書館出版品預行編目資料

文學的美：以視聽、思量、表出，漸達「圓滿的剎那」/ 朱自清 著 . -- 第一版 . -- 臺北市：崧燁文化事業有限公司 , 2023.10
面； 公分
POD 版
ISBN 978-626-357-673-5(平裝)
848.7　　112015081

文學的美：以視聽、思量、表出，漸達「圓滿的剎那」

臉書

作　　者：朱自清
發 行 人：黃振庭
出 版 者：崧燁文化事業有限公司
發 行 者：崧燁文化事業有限公司
E-mail：sonbookservice@gmail.com
粉 絲 頁：https://www.facebook.com/sonbookss/
網　　址：https://sonbook.net/
地　　址：台北市中正區重慶南路一段六十一號八樓 815 室
Rm. 815, 8F., No.61, Sec. 1, Chongqing S. Rd., Zhongzheng Dist., Taipei City 100, Taiwan
電　　話：(02) 2370-3310　　　傳　　真：(02) 2388-1990
印　　刷：京峯數位服務有限公司
律師顧問：廣華律師事務所 張珮琦律師

定　　價：280 元
發行日期：2023 年 10 月第一版
◎本書以 POD 印製